Lilli und die verlorenen Flügel

Für meine Tochter
Francesca

Inhaltsverzeichnis

Aber was machte er da? 15
Die Knickerbocker...22
„Aber Geschenke bekomme ich auch?" 33
„Nun wie gefällst du dir mein Kind?" 38
Die Zahnradbahn 39
Arme verlassene Schafe 43
„Oma, vielleicht ist es eine Maus, die Hunger hat." ...66
Die Ruhe vor dem Sturm 78
Bombardierung und Evakuierung 86
Evakuierung 113

Herstellung und Verlag:
Books on Demand GmbH, Norderstedt
ISBN 978-3-8370-6695-1

Freitag der 13.

Ich war kurz davor, das Licht dieser Welt zu erblicken; hatte aber dazu noch keine große Lust, zum Leidwesen meiner ge-plagten Mutter. Wenn es so etwas wie eine Vorahnung eines noch ungeborenen Kindes gibt, so hatte ich sie schon und ahnte noch unbewusst, dass mich außerhalb des schützenden Mutterleibes viel Unangenehmes erwarten würde. Also wehrte ich mich nach Kräften, auf diese Welt zu kommen.

Nach einer kurzen Untersuchung des Geburtenhelfers stand fest, dass es eine Zangengeburt würde und er müsste auf jeder Seite 3 cm einschneiden um den Geburtenkanal zu erweitern. Meine Mutter hatte 3 Semester Medizin studiert und wusste, was sie zu erdulden hatte. Sie schrie, nun machen sie schon, dass hält ja kein Nilpferd aus! Dem Doktor stand der Schweiß auf der Stirn und mit wildem Blick auf meinen Vater, befahl er: Wolldecke, Bettlaken über den

Küchentisch! Gesagt, getan und meine Mutter müsste jetzt sehr tapfer sein und in den nassen Waschlappen beißen.

Es war 10 Uhr abends und sämtliche Hausbewohner lagen auf den Knien und beteten bei Kerzenschein für Mutter und Kind.
Draußen blitzte und donnerte es und es goss in Strömen.
In dieses Getöse hinein schrie meine Mutter wie ein Elefant bei der Kriegserklärung und dem Doktor und meinem Vater flogen die wildesten Drohungen um die Ohren. Dann ging alles sehr schnell. Der Doktor gab mir den üblichen Klaps und bei meinem lauten Geschrei, meinte er, so ein kräftiger Brocken von 9 und 300 gr. bei 58 cm wäre selten. Die letzte Tortur meiner Mutter war, dass sie genäht wurde, bei klarem Bewusstsein.
Nachdem Mutter und Kind versorgt waren und die Schnapsflasche zwischen meinem Vater und dem Doktor hin und her ging, betrachtete mich meine Mutter

und sagte „Du bist ein Kind der Schmerzen und trotz der Dellen an deinem kleinen Kopf bist du doch ein schönes gesundes Kind!" Sturm, Blitz und Donner tobten immer noch. Die Uhr zeigte inzwischen elf und es war Freitag der 13. im Jahr 1936.

Lilli und die Ziegen

Klein Lilli ist ein hübsches, aufgewecktes Kind von 3 Jahren, hellblond mit blauen Augen und viel Temperament. Jeder neue Tag ist für sie eine Herausforderung und so ist sie ständig auf Entdeckungsreise.

Lillis Zuhause ist ein altes Fachwerkhaus mit Garten, Bäumen und Kaninchen und unmittelbar an der Mosel gelegen, mit Blick auf das andere Ufer. Eingebettet in große, saftige Wiesen, auf denen jeden Tag ein paar Ziegen angepflockt im Kreis laufen, zum Entzücken von Lilli.

Die Natur hatte ihr ein mitleidiges Herzchen geschenkt und somit sind die Ziegen sofort arme verlassene Tiere für sie, wovon man wenigstens eines nach Hause holen muss. So gelang es Lilli, sich eines Tages heimlich aus dem Haus zu schleichen, indessen die Mutter Wäsche auf die Leine hängte. Lilli hatte inzwischen eine der Ziegen vom Pflock befreit und lockte diese mit einem Stück von ihrem Frühstücksbrot. Die Ziege folgte ihr sehr willig, man weiß ja wie verfressen Ziegen sind. Lilli schaffte es, die Ziege 8 Treppenstufen hoch in die Küche zu locken. Da stand sie nun, die arme Ziege und meckerte. Lilli freute sich, denn nun hatte die Ziege ein richtiges Zuhause.

Plötzlich und nichts Gutes ahnend durch die seltsamen Geräusche, stand Lillis Mutter mit fassungslosem Gesicht in der Küche. Sie wollte etwas sagen, da fiel ihr Blick auf ihr vor Glück strahlendes Kind. Erstaunt hörte sie, dass die Ziege jetzt nicht mehr alleine wäre und keinen

Hunger haben müsste, auch könnte sie unter ihrem Bett schlafen und sie würde auch jeden Tag mit ihr spazieren gehen.

Etwas hilflos aber gefasst nahm die Mutter sie in die Arme, gab ihr einen Kuss und strich ihr gerührt über das Haar, dabei erklärte sie, dass Ziegen im Stall wohnen und sich auf Wiesen wohl fühlen, Gras fressen und nicht vom Frühstücksbrot leben.
Mit großen ungläubigen Augen, hörte Lilli zu; in diesem Moment kam der Zufall zu Hilfe. Die Ziege meckerte, senkte den Kopf und Lilli erhielt einen heftigen Stoß gegen ihr kleines Hinterteil, so dass sie hart auf dem Bauch landete und laut weinte. In schmerzlicher Enttäuschung, schluchzte sie: „Pfui, du böse, böse Ziege geh weg!"

Die Mutter zog das widerstrebende Tier am Strick, der am Hals baumelte, zur Küchentür und band es erst einmal an der Türklinke fest. Sie tröstete Lilli und außer ein paar blauen Flecken ging es ihr schon wieder gut.

Sich weit aus dem Küchenfenster lehnend, rief die Mutter den Nachbarn herbei. Beim Anblick der Ziege brach er in herzhaftes Lachen aus. Als er hörte, wie die Ziege in die Küche gelangt war, meinte er: „Jetzt muss ich einen zweiten Mann holen, denn wir müssen die Ziege die Treppe hinunter tragen, sonst würde das Tier sich die Beine brechen, es ist ja keine Bergziege." 30 Minuten später stand das Ziegentier wieder fröhlich meckernd auf der Moselwiese. Die Geschichte von der Ziege verbreitete sich schnell im Dorf und man amüsierte sich.

Das Osterhasenland

Olga, mein so genanntes Kindermädchen war 14 Jahre alt und eins von 7 ziemlich ärmlichen Kindern aus der Nachbarschaft.
Jeden 2. Tag durfte sie für 3 Stunden am Nachmittag auf mich aufpassen. In

dieser Zeit arbeitete meine Mutter in einem Labor im Krankenhaus.

Olga war immer hungrig, weshalb regelmäßig auf Spaziergängen mein Vesperbrot und Süßigkeiten in ihrem Magen verschwanden. Sie schaute mich dabei so eigenartig an und meinte: „Wenn du so viel Brot isst, wirst du zu dick und alle nennen dich Pummel." Von nun an bekam sie freiwillig jedes Mal mein Brot, denn ich wollte kein Pummel sein. Olga erwähnte noch, man dürfte nicht petzen und so hat es meine Mutter nie erfahren.

3 Stunden am Nachmittag war ich also Olga ausgeliefert und eigentlich mochte ich sie ganz gern, bis zu einem bestimmten Tag. Sie erfand lustige Spiele und auf unseren kleinen Spaziergängen wurde Olga nie müde, mir die tollsten Geschichten zu erzählen und mich mindestens einmal in Angst zu versetzen. Wir waren gerade auf einem kleinen Hügel angelangt, da schrie Olga:

„Schnell, schnell versteck dich, da unten läuft ein Wildschwein, dass frisst gern kleine Kinder." Ich lief so schnell, dass ich meinen Schuh verlor und schrie, Mama hilf mir - und oh Wunder stand meine Mutter auf einmal vor mir, nahm mich auf den Arm und versuchte, mich zu beruhigen.

Aus meinem Schluchzen heraus verstand sie immer nur Wildschwein. Indessen kam Olga schuldbewusst langsam näher. Meine Mutter schimpfte, was hast du mit Lilli gemacht? Nach und nach klärte sich alles auf und meine Mutter erklärte mir, dass es in unserer Gegend gar keine Wildschweine gibt. Zu Olga sagte sie: „Wenn du noch einmal Lilli Angst machst, ist es aus mit Taschengeld verdienen" und sie sollte sie sich schämen.
Olga versprach Besserung und ich hatte nun eine friedliche Zeit mit ihr, bis sie eines Tages mit mir Osterhase spielte. Olga hatte eine grünliche Tüte in der Hand und tat geheimnisvoll.

Sie sagte zu mir: „Du musst hier auf dieser Wiese suchen, das ist eine Osterhasenwiese und manchmal kann man den Osterhasen auch sehen." Olga blätterte indessen in einem bunten Heft und war ganz darin vertieft. Ich suchte und suchte und konnte nichts finden. Olga hob den Kopf und meinte, „da! Dort läuft doch der Osterhase" und ich schaute eifrig nach ihm aus, aber ich konnte ihn nirgendwo entdecken. Sie sah nun meinen misstrauischen Blick, stand auf und gab mir zu verstehen, du suchst rechts und ich links und siehe da, Olga rief, hier ist was und hob ein Bonbon im bunten Papier auf.

Mir stand die Enttäuschung im Gesicht, warum hatte ich nichts gefunden? Olga war nun der Ansicht, ich sollte nochmals, aber ganz langsam suchen und schon blätterte sie wieder in dem bunten Heft. Mit einem Freudenschrei entdeckte ich gleich zwei Bonbons auf einmal und suchte eifrig weiter bis ich noch drei weitere fand. Sofort wollte ich eines probieren und wickelte die rotbunte Süßigkeit bedächtig aus, schob sie mir in den Mund und stellte fest, es schmeckte himmlisch, osterhasig gut.

Ich suchte also noch ein bisschen herum, fand aber nichts mehr. Mit glücklichem Gesicht stand ich vor Olga und wollte ihr eins von diesen köstlichen Bonbons abgeben. Sie war aber so vertieft in dem Heft, dass sie erschrak als ich so unvermittelt vor ihr stand.

Olga sprang auf und mit ärgerlichem Gesicht meinte sie, die Zeit, in der sie auf mich aufpassen müsste wäre vorbei und sie wollte nach Hause. In diesem Moment ließ Olga die geheimnisvolle Tüte fallen und heraus purzelten eine Menge von den Osterhasen Bonbons. Ich war sprachlos und die Worte der etwas bestürzten Olga waren: „Jetzt weißt du, dass es keinen Osterhasen gibt." Auf dem Nachhauseweg weinte ich still vor mich hin, denn nun war ich für immer aus dem Osterhasenland verbannt.

Rettung der Marie

REs war Frühling und die Sonne strahlte, als wollte sie die ganze Welt vergolden. Ich war gerade aufgewacht und sah meine Mutter am geöffneten Fenster stehen. Sie drehte sich zu mir um und sagte: „Guten Morgen Lilli! Heute ist ein richtiger Schokoladentag. Papa ist schon auf dem Weg zum Büro gleich kommt Marie und dann geht es los." In aller Ungemütlichkeit wurde gefrühstückt und zwischendurch lief meine Mutter in die Waschküche, um den großen Kessel für die Kochwäsche anzuheizen.

Marie, unsere Waschfrau, kam alle vier Wochen und versorgte gründlich unsere Wäsche. Sie kam immer mit einem großen Block Kernseife und ich bekam selbstgebackene Plätzchen, worauf ich mich schon vorher freute.

Die Plätzchen wurden leider sofort eingeteilt, sonst hätte ich sie alle auf einmal gegessen. Marie gefiel mir sehr, sie hatte kurze blonde Locken und war immer lustig. Mama nahm ihre Tasche und sagte zu Marie, bitte schau doch zwischendurch mal nach Lilli, ich habe einen Zahnarzttermin und danach kaufe ich noch etwas ein. Eine ganze Weile schaute ich Marie zu, wie sie seifte, rubbelte und mit dem Persilknüppel die Kochwäsche drehte. Dann wurde es mir langweilig. Ich ging also mein liebes Struwwelpeterbuch suchen und fand es unter meinem Kopfkissen. Dort war es sicher vor Peter dem Nachbarsjungen, denn der wollte es schon zweimal mit nach Hause nehmen. Das Buch und einen wunderschönen bunten Ball hatte ich zum 4. Geburtstag bekommen und ich war bereit, beides ganz doll zu verteidigen.

Jeden Abend las Mama mir eine

Geschichte aus dem Buch vor und ermahnend meinte sie, da siehst du was passiert, wenn man nur Unsinn macht und am Essen mäkelt. Erst wird man ganz dünn und dann ist man tot. Das konnte mir nicht geschehen, denn alles was ich zu essen bekam, aß ich immer brav auf, lieber etwas mehr als weniger. Mama freute sich darüber und sagte: „Lilli du bist meine kleine Schlemmermaus!" Ich träumte mich also durch das Struwwelpeterbuch und hörte eine Tür im Haus auf und zu gehen, sah aber weiter die bunten Figuren in meinem Bilderbuch an. Nach einer ganzen Weile, ging ich runter in die Waschküche und war erfreut dass Papa schon zurück war.

Aber was machte er da?
Marie hing vornübergebeugt mit dem Kopf im Wachzuber und murmelte: „Ohje, ohje…"
Mein Papa hielt Marie mit beiden Armen fest und dann fiel sein Blick auf mich, er sagte: „Gerade habe ich Marie vor dem

Ertrinken gerettet!"
Ich dachte, was habe ich für einen lieben
Papa.
„Marie geht es dir wieder gut?"
Sie nickte stumm.

In diesem Moment rief meine Mutter:
„Lilli ich bin wieder da!" Sofort rannte
ich zu ihr und aufgeregt erzählte ich, wie
der liebe Papa Marie vor dem Ertrinken
gerettet hatte.

Mama wurde blass und sagte nur „Aha!"
Mein Vater stand plötzlich mit
puterrotem Gesicht vor uns, er wollte
etwas sagen, aber da sah er das
bitterböse Gesicht von Mama. Was war
geschehen? Ich konnte nicht verstehen,
warum sie plötzlich so böse auf Papa
war, wo er doch Marie gerettet hatte. Auf
dem Küchentisch lag ein geöffneter Brief.
Mama ergriff ihn und fuchtelte Papa
damit heftig um die Nase. „Hier", sagte
sie, „damit hat sich wohl die Sache mit
Marie erledigt."

Nachdem Papa den Brief gelesen hatte, wurde sein Gesicht ganz traurig und leise meinte er: „Gerade habe ich mein Diplom gemacht und nun diese Nachricht von der Mobilmachung. Das bedeutet Krieg".

Lilli verstand nun überhaupt nichts mehr. Sie spürte aber, dass etwas Schlimmes geschehen war und ängstlich pochte ihr kleines Herz. Laut weinend schrie sie ihre Eltern an: „Ich will aber nicht traurig sein, Mama du sagst doch immer ich bin eine glückliche Lilli und dein Sonnenschein!" Meine Mutter nahm mich auf ihren Schoß und sagte: „Lilli alles wird gut und wir müssen jetzt tapfer sein."

Sie blickte mich liebevoll mit ihren braunen Augen an und ich wusste, dass ich eine sehr schöne Mutter hatte. Sie nahm mich an der Hand und wollte mit mir spazieren gehen. Ich muss über alles nachdenken. Vor der Haustür ließ sie mich einen Moment allein mit den

Worten, ich bin sofort wieder da, ich muss nur ganz kurz in die Waschküche, etwas richtig stellen. Dann gehen wir zu Opa Räser. Sofort war all mein Kummer wie vergessen und vor Freude hüpfte ich von einem Bein auf das andere. Weit und breit war es der schönste Opa, er sah ein bisschen aus wie der Nikolaus. Sein weißer Bart ging bis zum Bauch und er hatte ganz lustige blaue Augen und wäre alt wie Methusalem, meinte Mama.

Opa Räser erzählte immer lustige Geschichten oder von seiner guten Frau, die schon lange im Himmel sei und nun den lieben Gott ärgerte. In meine Gedanken hinein sagte meine Mutter: „Komm jetzt gehen wir uns ein bisschen erholen und machen ein Schwätzchen mit dem Opa."

Er wohnte nur ein paar Häuser weiter und wir sahen ihn schon von weitem auf seiner grünen Gartenbank sitzen und neben ihm der schwarze Mohrle. „Schau Lilli wie schön das schmucke Häuschen inmitten von Bäumen und Rosen ist."

Kater Mohrle sprang uns fröhlich entgegen und Opa Räser winkte uns hoch erfreut zu. Es war eine herzliche Begrüßung. „Else, geh und hole drei Gläser und den Himbeersaft und dann machen wir es uns gemütlich." Indessen tollte ich mit Mohrle herum. Ich hatte ihn wohl zuviel gestreichelt und am Schwanz gezogen, er fauchte mich an und machte sich eiligst davon. Opa Räser meinte ich müsste etwas sanfter mit Mohrle umgehen.

Vom Himbeersaft konnte ich nie genug bekommen er schmeckte einfach köstlich. Der Opa zog die Brille an und schaute Mama aufmerksam an, dabei sprach er: „Sag mal Else, dir liegt doch etwas auf dem Herzen?" Meine Mutter nickte. Mit einem Blick auf mich meinte sie: „Lilli bitte spiel etwas im Garten" und vom Opa Räser bekam ich ein großes Stück Schokolade, das mich sehr glücklich machte und alles war wieder

gut und es war doch noch ein
Schokoladentag.

Freude und Schmerz

Endlich warf der Kastanienbaum
seine Früchte ab. Lilli hatte sehnsüchtig
darauf gewartet, dass die braunen
Kerlchen, wie die Mutter sie nannte, reif
waren und nun sammelten sie
zusammen die herrlichen, glänzenden
Kastanien ein und Lilli trug sie wie einen
kostbaren Schatz im Korb. Mama hatte
ihr versprochen, aus den kleinen
Kastanien eine Halskette zu fertigen. Lilli
wollte eine Kastanien-Männchen-Familie
mit Streichholzbeinchen und
Pappfüßchen basteln.

Sie war voller Freude und wollte gerade
ein Lied anstimmen, als sie durch ein
großes Geschrei gestört wurde. Die
Mutter hielt Lilli fest an der Hand und
versuchte sie abzulenken, aber es war
schon zu spät. Lilli ließ die Kastanien

fallen und starrte gebannt in den Nachbarsgarten. Sofort brach sie in ein fassungsloses Geheul aus. Sie sah, dass ein Huhn ohne Kopf durch den Garten torkelte. Die Nachbarsfrau lief hinterher und versuchte, es einzufangen. Lilli verbarg ihr Gesicht im Kleid ihrer Mutter und weinend fragte sie: „Mama, warum ist das so?" „Komm jetzt mein Kind, zu Hause erkläre ich dir ganz genau, warum das so sein muss." Sie hob noch schnell die verstreuten Kastanien auf und willig folgte ihr Lilli.

Zu Hause angekommen nahm die Mutter ihr Kind auf den Schoß und Lilli schmiegte sich schutzsuchend an ihre Arme.
„Also, mein Kleines, es ist so, du isst doch gerne Hühnersuppe und gebackenes Hähnchen?" Lilli nickte.
„Siehst du, es geht leider nicht anders und deshalb muss man die Tiere auf ver-schiedene Art vom Leben bringen, sie merken nichts davon und es tut ihnen auch nicht weh. Wenn wir das nicht

machen würden, hätten wir weniger zu essen. Die Natur hat es nun mal so eingerichtet. Hast du es ein bisschen verstanden?" Lilli sagte: „Ja, ja!" Sie sah dabei aber gar nicht glücklich aus. „So, mein kleiner Schatz jetzt basteln wir." Beim Anblick der schönen, glänzenden Kastanien, war Lillis Kummer bald vorbei. Vergessen hat sie es aber niemals!

Die Knickerbocker

DLilli spielte vor dem Haus und schaute verzückt auf die langsam vom Baum segelnden Blätter. Es war Herbst und auch schon ein wenig kühl, deshalb sollte sie das grüne Wolljäckchen anziehen. Ihr Protest wurde überhört, mit dem Argument: „Tante Röschen hat es gestrickt und gestickt, also mit viel Liebe für dich gemacht."

Zugegeben, es war sehr schön, aber an

den Ärmeln kratzte es. Mama hatte es etwas später abgefüttert und ich habe es dann gerne und lange getragen. Meine Mutter schaute ab und zu aus dem Fenster und einmal bemerkte sie: „Wo nur der Papa bleibt?"

Frühzeitig hatte er das Haus verlassen, er wollte etwas in der Stadt besorgen. Kurz darauf kam er fröhlich winkend des Weges und ich lief ihm freudig entgegen. Er trug eine sehr große Tüte und meine Neugier war heftig. „Ist da auch etwas für mich drin?"Papa lachte, diesmal habe ich mir selbst etwas Schönes gekauft, passend zu meinem Rennrad, aber für meine Lilli ist auch etwas in der Tüte. Er kramte ein wenig darin herum und ich bekam eine riesengroße Tafel Schokolade. So groß hatte ich noch keine gesehen. Hoch erfreut dankte ich ihm und rief: „Du bist mein liebster Papa." Lachend sah Mama aus dem Fester, sie hatte alles mit angesehen. Zusammen gingen wir ins Haus und ich war gespannt auf den Inhalt der Tüte.

Papa breitete eine wunderschöne, hellbraune Wildlederjacke mit Reißverschluss vor uns aus, dann kamen so genannte Knickerbocker, passende Strümpfe, Schuhe, die wie heller Honig aussahen und eine Kappe passend im feinen Karo zur Hose. Mama war begeistert, liebte Papa für seinen guten Geschmack. Daraufhin bekam sie ein etwas längeres Küsschen. Papa schaute nochmals in die Tüte und überreichte der strahlenden Mama eine Schachtel Pralinen. Das Mittagessen war auch fertig und nachher gab es noch meinen Lieblingsvanillepudding mit Himbeersauce. Etwas später durfte ich ein großes Stück von meiner Schokolade essen.

Am Nachmittag verschwand Papa im Abstellzimmer, er putzte sein Rennrad, dabei durfte ich ihn nicht stören, obwohl ich es gern getan hätte. In diesem Zimmer gab es viele interessante Dinge, deren Funktion ich noch nicht genau kannte. Zur Cafezeit - ich durfte den Tisch decken - backte Mama uns Apfelkuchen mit Zimt und Zucker. „Lilli geh, sag Papa er soll Kaffee trinken kommen, aber vergiss nicht vorher anzuklopfen, du weißt man reißt nicht einfach so die Türe auf." Ich tat, wie mir geheißen. „ Ja Lilli, ich bin fertig und wasche mir nur noch die Hände" rief er mir zu. Wir saßen als kleine aber zufriedene Familie am Tisch und der Apfelkuchen war sehr lecker. Meine Mutter konnte sehr gut kochen und backen. Einmal hörte ich wie Papa sagte: „Else, allein wegen deiner guten Kocherei würde ich dich noch mal heiraten."

Am nächsten Tag zog mein Vater seine neue Kleidung an. Für mich sah er ein bisschen fremd aus, aber irgendwie auch sehr schön. Meine Mutter war begeistert und meinte: „Karl pass auf die Frauen auf, nicht das ich eine Vermisstenmeldung machen muss."

Es gab einiges was ich noch nicht

verstand, aber diesmal wollte ich auch nicht fragen. Mein Vater sah uns ganz lieb an: „Keine Angst, meine schönen Mädchen, ich liebe euch sehr" und dann schob er sein Rennrad aus dem Zimmer, trug es die Treppe hinunter und rief „also bis später". „Lilli du spielst ein bisschen", sagte meine Mutter, „ich muss in den Keller, die Äpfel aussortieren, es dauert nicht lange, ich lasse die Türe offen."

Kaum war die Mutter auf der Kellertreppe, lief Lilli in das Abstellzimmer. Ihr Blick fiel sofort auf ein paar Schuhspanner, die in Papas Schuhen steckten und aus glattem Holz waren. Sie versuchte, einen der Spanner aus dem Schuh zu ziehen, aber er bewegte sich nicht. Lilli nahm den Schuh auf ihren Schoß und zog mit aller Kraft am Spanner, dieser rutschte auch aus dem Schuh und es gab ein schnappendes Geräusch. Lilli beugte sich über den Schuh und der vordere Teil des Spanners schnellte hoch und traf sie mitten im Gesicht. Sie war betäubt vor Schmerz und dann schrie sie so laut, dass man es auf der Straße hören konnte.

Nichts Gutes ahnend stürzte die Mutter ins Zimmer. Ein Blick genügte und sie wusste was passiert war. Nasse, kalte Tücher und eine abschwellende Salbe verhinderten das Schlimmste. Es gab dann noch zum Trost einen Kamillentee mit Kandiszucker. Nach diesem schmerzlichen Erlebnis, wollte Lilli nur noch ins Bett, sie schlief sofort ein. Die Mutter blieb noch eine Weile an Lillis Bett sitzen und während sie ihr Kind liebevoll betrachtete, dachte sie: „Freude, Leid und Schmerz, wie dicht stehen sie doch bei einander!"

Fröhliche Weihnachtszeit

Mama band mir eine ihrer großen Schürzen um und meinte: „Lilli, heute machen wir Hausputz." Sofort fragte ich: „Aber wieso, es ist doch alles sauber und mein Zimmer habe ich gestern auch aufgeräumt." „Nun, in drei Tagen beginnt die Weihnachtszeit, alles muss glänzen und dann wird geschmückt und gebacken. Also, mein Schätzchen, du kannst mir helfen wenn du willst." Ich nickte eifrig und wollte wie üblich fragen, aber da fiel Mama mir ins Wort und sagte: „ Lilli, ich habe keine Lust, deine warum und wieso Fragen zu beantworten, wir müssen ganz schnell fertig werden."

Bei dem Gedanken, zu schmücken und Plätzchen zu backen, wurde ich das bravste Kind. Ich durfte alle Tisch- und Stuhlbeine polieren und es wurde mir sehr warm dabei. Hin und wieder sah Mama zu mir rüber und lobte mich. Wir putzten uns also durch die Zimmer und machten dazwischen eine Apfelsaftpause, sofort wollte ich wissen „bekommen wir auch einen Weihnachtsbaum?" „Aber ja, meine Kleine, Papa und Onkel Heinrich holen ihn aus dem Holler-Wäldchen." Ich war beruhigt. Ich hätte sehr gern den Baum ganz alleine geschmückt, aber daraus wurde nichts.

Wir waren gerade mit dem Hausputz fertig, da klopfte es an der Tür und die Frau vom Maler Deppe stand davor. Wie immer wollte sie etwas leihen, diesmal waren es Zucker und zwei Eier. Mama gab ihr gleich zu verstehen, dass sie keine Zeit für eine Unterhaltung hätte. Nachdem Frau Deppe gegangen war, erklärte Mama mir mit ernstem Gesicht, dass man sich nichts leihen darf, vor allem kein Geld, denn das wäre sehr unfein und gehörte sich nicht.

„Richtig Mama, ich mag diese Frau überhaupt nicht, sie kann keine Kinder leiden und stinkelig ist sie auch." „Lilli das kommt von den Ölfarben, die der Maler Deppe verwendet und so darfst du nicht über diese Frau sprechen." „Aber Mama warum malt er nur immer so hässliche halbe Männer?" „Nun das nennt man Portrait-Maler" erklärte sie mir, „die Männer haben in dieser Zeit viel zu sagen und einige Leute wollen deshalb so ein Bild in ihrem Haus aufhängen." Dafür fehlte mit allerdings jedes Verständnis und ich war sehr froh das wir so ein Bild nicht hatten.

„So, meine Lilli, jetzt fangen wir an zu schmücken und dann backen wir deine Lieblingsplätzchen. Du darfst sie verzieren." Sofort war ich wieder das glücklichste Kind, denn von Liebesperlen, Schokostreuseln und selbst gemachtem Krokant durfte ich zwischendurch auch einmal naschen.

Dann war es soweit, alles war fertig und der Plätzchenduft zog durch das ganze Haus. Mama kochte Kaffee und für mich Kakao, sie stellte eine kleine Schale mit Plätzchen auf den Tisch und mit einem Blick auf die Uhr zündete sie eine Kerze an, schnell kämmte sie mir und sich die Haare und legte die Schürze ab. In diesem Moment hörten wir Papa die Treppe herauf kommen. Leise stellten wir uns hinter die Türe und als Papa sie öffnete, konnte er uns nicht direkt sehen. Ich hielt mir den Mund zu um nicht zu kichern. „Oh wie schön, hm, wie das duftet hier, ist schon ein kleiner Adventengel durchgeflogen." Papa rief: „Wo sind denn meine zwei Mädchen?"

Kichernd kamen wir hervor und wir bekamen zwei dicke Küsschen. Gut gelaunt verbrachten wir unsere Kaffeestunde. Während sich die Eltern über dies und das unterhielten, träumte Lilli vom Adventskalender und überlegte genau, ob sie denn brav genug gewesen wäre und das Christkind ein oder zwei Geschenke unter den Weihnachtsbaum legen würde? Mama konnte manchmal Gedanken lesen, sie sah mich lachend an lobte mich, wie fleißig ich doch gewesen sei, das hätte sicher auch das Christkind gesehen. Damit waren alle meine Bedenken verflogen.

In dieser schönen Zeit wurden meine Augen und Ohren immer größer, es entging mir nichts. Vielleicht hatte das Christkind ja schon Geschenke versteckt und ich musste sie nur noch finden. Plötzlich stand Mama mit erhobenem Zeigefinger vor mir und meinte: „Lilli, lass das Schnüffeln, du vergraulst das Christkind!" Ich fühlte mich ertappt und schämte mich ein wenig.

Endlich hatte das Warten ein Ende und es war soweit. Onkel Heinrich war gekommen und hatte gleich einen sehr schönen Tannenbaum mitgebracht. Papa meinte: „Heinrich, du bist der Beste und heute Abend wenn Lilli schläft schmücken wir den Baum, ich habe uns zu diesem Zweck auch ein Fläschchen besorgt." Mama seufzte, ach, du lieber Strohsack, ihr wollt doch wohl keine Sauferei daraus machen? Ich war sprachlos. Onkel Heinrich war Sportler und der Bruder von Mama. Papa und er machten ganz komische Gesichter und ich rief: „Papa, was ist Sauferei?" Augenblicklich wurde ich von ihm aufgeklärt: „Tja, Lilli, du hast ein

Wolljäckchen und das wärmt dich, das
hier in dieser Flasche nennt man
Cognjäckchen und das wärmt Onkel
Heinrich und deinen Papa, dann können
wir schneller die Kugeln an den Baum
hängen. Übrigens Kinder und Mamas
dürfen davon nichts trinken, das ist nur
für Männer." Mama verschwand
kopfschüttelnd in der Küche. Ich sah
Onkel Heinrich und Papa die Gläser
aneinander stoßen und beide riefen „Es
leben die Jäckchen!"

Inzwischen war es draußen schon ganz
dunkel und Mama rief mich zum
Abendbrot in die Küche. Sie erklärte mir:
„ Morgen ist der Heilige Abend und zum
Geburtstag vom Christkind darfst du
ganz lange spielen, bis du müde bist."
„Aber Geschenke bekomme ich auch?"
„Das müssen wir abwarten!"
„...aber ich war doch lieb und fleißig!"
„Das stimmt und du bekommst sicher
etwas sehr Schönes vom Christkind!"

Mama brachte mich bald darauf zu Bett

nachdem wir gebetet hatten - auch für die armen Kinder - schlief ich glücklich ein. Am anderen Morgen - Lilli war schon sehr früh aufgewacht - hörte sie seltsame Geräusche aus dem Wohnzimmer. Es wurde ihr richtig gruselig, aber die Neugier war größer und so schlich sie auf Zehenspitzen zur Tür, öffnete sie einen Spalt breit und erstarrte, da lag doch der Onkel Heinrich auf dem Sofa und auf ihm der geschmückte Tannenbaum und aus den Zweigen schnarchte es fürchterlich hervor.

Das war zuviel für Lilli. Sie lief laut weinend in das Schlafzimmer ihrer Eltern. Mama sprach aus dem Bett und hielt Lilli fest im Arm und Papa rief „was ist denn passiert?" Lilli brachte unter Schluchzen hervor: „Der Weihnachtsbaum schnarcht und alles ist kaputt."

Die Eltern rannten ins Wohnzimmer und sahen die Bescherung. Einen Moment

lag waren sie sprachlos, aber dann
brachen sie in lautes fröhliches Lachen
aus. Davon erwachte Onkel Heinrich und
sofort wurde er vom Baum befreit. Er bat
ganz kleinlaut um Entschuldigung und
murmelte immer wieder „peinlich,
peinlich!"

„So, ihr beiden, noch vor dem Frühstück
wird der Baum neu geschmückt und
wagt es nicht, euch nochmals am
Cognjäckchen zu wärmen." Zu mir sagte
Mama: „Lillilein sei nicht traurig, dein
Weihnachtsbaum wird jetzt noch
schöner." Ich wusste nicht, ob ich lachen
oder weinen sollte. Wir hatten dann ein
sehr fröhliches Frühstück miteinander
und ich war versöhnt. Der neu
geschmückte Tannenbaum war wirklich
wunderschön. Nachdem alles wieder
aufgeräumt war, spielten Papa und
Onkel Heinrich Skat und Mama schob
die gefüllte Gans in den Backofen und
zwischendurch erzählte sie mir ein
Weihnachtsmärchen. Langsam wurde
ich jedoch ungeduldig und wollte jede

Stunde wissen, ob das Christkind schon da gewesen sei.

Mama war nun auch etwas nervös und sagte: „Lilli, bitte hör auf das zu fragen, bald ist es soweit. Wir singen jetzt noch drei Weihnachtlieder um das Christkind zu erfreuen." Meine Mutter hatte eine schöne Stimme, manchmal sang die auch in der Kirche mit einer anderen Frau, an besonderen Festtagen.
Das Singen machte auch mir große Freude und ich sang so laut, dass Papa und Onkel Heinrich mitmachten und es schallte im ganzen Haus „Oh, du fröhliche, oh du selige Weihnachtszeit..." Unser Kaffeetisch war gedeckt und es roch herrlich nach Kaffee und Kuchen. Papa zündete alle Kerzen an und siehe da, es lagen einige geheimnisvolle Päckchen unter dem Weihnachtsbaum.

Lilli klatschte vor Freude in die Hände und rief: „Papa, Mama das Christkind war schon da" und wollte sofort auspacken. „Nein, Lilli erst trinken wir

Kaffee, du wolltest doch ein großes Stück von der Weihnachtstorte essen." Lilli nickte stumm; wenn Mamas Stimme so energisch war, half alles nichts. Also aß Lilli brav das Stück Torte auf, nur etwas schneller als sonst und sah zwischendurch sehnsüchtig auf die Geschenke. Dann endlich sagte Mama: „ Frohe Weihnachten für alle und jetzt ist Bescherung. Hier mein Lillilein, diese drei Pakete sind für dich." Mit einem Jauchzer und glühendem Gesichtchen riss Lilli hastig den ersten Karton auf und vor ihr lag eine Puppe mit blonden Zöpfen im blauen Kleidchen und Lackschuhen. Vorsichtig hob Lilli die Puppe aus dem Karton und in diesem Moment schlug sie die Augen auf und sagte „Mama!" Lillis Glück war vollkommen und strahlend sagte sie, jetzt bin ich eine richtige Puppenmutter.

Mama war über die Freude ihrer kleinen Tochter sehr gerührt. „Mein Schätzchen, nachher spielen wir Taufe, denn dein Puppenkind braucht einen Namen..."

Im zweiten Karton war ein kleiner
Bauernhof mit vielen Tieren, auch
darüber freute sie sich, Lilli war sehr
tierlieb. Der dritte Karton hatte eine rote
Schleife und war auch größer als die
anderen. Lilli packte ihn umständlich
und langsam aus und die Überraschung
war groß. Sogar Papa und Onkel
Heinrich staunten und riefen, jetzt haben
wir eine richtige kleine Dame. Aus dem
Karton hatte Lilli einen kleinen
Pelzmantel einen Muff, ein Hütchen und
Strickhandschuhe mit Schal ausgepackt.
Lilli staunte und streichelte den Pelz.
Mama zog sie probehalber komplett an
und stellte sie vor den großen
Schlafzimmerspiegel.
„Nun wie gefällst du dir mein Kind?"
Ich gefiel mir und hatte, so klein ich war,
schon ein Gefühl für Eitelkeit. Lilli
drückte ihre Mama ganz fest und gab ihr
viele Küsschen und sagte: „Mama, ich
habe das Christkind ganz doll lieb."
Mama nickte und meinte, „das
Christkind dich auch."

An diesem Heiligen Abend hatte Lilli noch lauter gesungen, aus Dankbarkeit und zu Ehren des Christkindes. Viele Jahre später wusste sie, es war das schönste Weihnachtsfest ihrer Kindheit.

Die Zahnradbahn

Es waren noch drei Monate bis zu Lillis viertem Geburtstag. In dieser Zeit machte sie ernsthafte und unerfreuliche Erfahrungen. Ihre Mutter lachte auch nicht mehr so oft und sah manchmal ziemlich traurig aus. Auch Lillis Herz war betrübt, der geliebte Vater wohnte seit einiger Zeit in einer Kaserne und kam nur an den Wochenenden nach Hause. Alle warteten darauf, dass es weltweit Krieg geben würde. Was das genau bedeutete, verstand Lilli noch nicht. Jedes Mal war darum die Freude groß, wenn Papa dann endlich wieder nach Hause kam. Die

Eltern hatten sich dann viel zu erzählen und Lilli ging auf Zehenspitzen umher, um nicht zu stören. Ihre Mutter hatte ihr versprochen, morgen dürfte sie mit Papa zu Tante Erna und Onkel Edi auf den Kranenberg und mit der Zahnradbahn fahren.

Am anderen Morgen nach dem Frühstück war es dann soweit. Lilli hatte ihr schönstes Kleid an und die Mutter steckte ihr noch eine kleine hellblaue Schleife ins Haar. Zu dieser Zeit waren Lillis Haare noch hellblond und leicht gelockt. Mit Stolz betrachtete sie der Vater und zur Mutter sagte er: „Was haben wir doch für ein hübsches Mädchen." Mutter nickte und gab uns Mahnungen sowie viele Grüße an Tante und Onkel mit auf den Weg. Es war schon aufregend, mit dem Zug und der qualmenden Lokomotive zu reisen und Lilli kam sich doch sehr klein vor bei dem Anblick der riesigen Züge. Ihr Vater beantwortete geduldig alle ihre Fragen. Bald standen sie vor der Zahnradbahn.

Mit großem Gezeter weigerte sich Lilli einzusteigen. Sie zeigte auf den Spalt zwischen Steig und Bahn, „neinnein, da fall ich rein, ich will nicht." Ihr Gesichtchen war puterrot. Der Vater streckte ihr hilfreich seine Hand entgegen und erklärte ihr: „Lilli du musst keine Angst haben, ich halte dich fest, wir machen zusammen einen großen Schritt und schwups sind wir drin." Lilli sah ihren Vater zweifelnd an, aber dann wagte sie doch den Schritt. Zitternd hielt sie sich an ihrem Vater fest, ruhig erklärte er ihr die Zusammenhänge und ein bisschen von der Funktion der Zahnradbahn und als sie oben auf dem Kranenberg ankamen, war die ganze Aufregung vergessen.

Tante Erna und Onkel Edi bewohnten die ehemalige Ritterburg. Sie hatten zwei Jahre zuvor dort ein Ausflugsrestaurant eröffnet. Ihre Kinder Toni und Edith, drei und vier Jahre alt, liefen uns laut schreiend vor Freude entgegen und es wurde eine stürmische Begrüßung. Mein

Vater verschwand mit Onkel Edi im
Restaurant und sie unterhielten sich
über den bevorstehenden Krieg.
Indessen spielten wir Kinder Verstecken
und machten allerlei vergnügliche Dinge.
Es ging eine ganze Weile gut bis Edith
mir die Schleife mit einigen Haaren vom
Kopf riss. Ich schrie laut auf vor
Schmerz, fackelte nicht lange und haute
Edith voll auf die Nase, die sofort blutete.

Bei dem Geschrei von Edith liefen mein
Vater und Onkel Edi herbei. Zu meinem
Erstaunen schimpfte dieser mit seiner
Tochter: „Hast du es wieder geschafft,
warum kannst du nicht friedlich sein wie
andere Kinder?" Zu meinem Vater sagte
er: „Edith sorgt immer wieder für
Aufregung, sie ist ein richtiger kleiner
Mistkäfer." Dieses Wort imponierte Lilli
sehr und sie hat es nie vergessen. Der
kleine Toni gab Lilli die Schleife wieder
und sagte: „ Hast du gut gemacht, zu mir
ist sie auch immer böse."
Nachdem Edith abgewaschen war, gab es
Kaffee und Kuchen und Kakao. Mein

Vater schaute mich öfter mit einem ganz kleinen verschmitzten Lächeln an. Nach einiger Zeit machten wir uns wieder auf den Heimweg. Ich war froh darüber, denn von den aufregenden Erlebnissen an diesem Tag, hatte ich genug. Dass Edith ein Mistkäfer wäre, erzählte ich aber doch noch triumphierend meiner Mutter.

Arme verlassene Schafe

Schwarz auf weiß lag nun der Einberufungsbefehl auf dem Tisch und mein Vater musste sich innerhalb von 24 Stunden bei seiner Einheit melden, der Panzerdivision Groß-Deutschland. Das bedeutete: immer an vorderster Front. Wegen seines Studiums war er sofort im Rang eines Unteroffiziers. Der Abschied war für uns alle sehr traurig und voller Tränen. Aber es half nichts. Wir begleiteten meinen Vater noch bis zum Ortsausgang. Dort warteten große

Lastwagen, um die Soldaten aufzunehmen und an ihren Standort zu bringen. Wir winkten uns noch lange zu und ich rief so laut ich konnte: „Papa, komm bald wieder." In diesem Moment ahnte ich noch nicht, dass ich meinen Vater von Anfang bis Ende des Krieges nur noch viermal sehen würde und sein Bild in mir immer mehr verblasste, aber die Sehnsucht nach einem Vater hatte ich noch lange Jahre.

Meine Mutter versuchte mir zu erklären, was der Krieg bedeutete, aber ich wollte davon nichts wissen und reagierte von diesem Moment an mit Trotz und Tränen. Meine glückliche kleine Welt war mit einem Mal zerstört. Ich wollte nicht hören und mochte auch nichts fragen. So wurde ich viel zu früh für mein Alter ein ernsthaftes und stilles Kind. Meine Mutter versuchte mich zu trösten und lief jeden Morgen dem Briefträger entgegen, aber die ersten 14 Tage kam keine Nachricht von meinem Vater, dann weinte sie still vor sich hin und unter

Tränen sagte sie: „Lilli, wir sind zwei arme, verlassene Schafe. Wir müssen jetzt sehr sparsam sein und vielleicht ziehen wir bald in die Stadt. Aber es will gut überlegt sein."

Mit der Zeit gewöhnten wir uns an die neue Situation. Überall waren große Veränderungen zu sehen. Die Leute sagten jetzt nicht mehr „Guten Tag" zu einander, sondern rissen ganz heftig einen Arm in die Höhe, dazu riefen sie sich einen komischen Namen zu, wie „heil Hitler". Ich wollte wissen, wer das denn wäre und meine Mutter erklärte: „Nun Lilli, das ist der Teufel, er ist ein ganz böser Mensch und macht viele Menschen blind und unglücklich, er ist schuld, dass dein Papa in den Krieg muss. Aber bitte, Lilli, behalte was ich gesagt habe für dich, sonst bekommen wir großen Ärger. Merke dir in Zukunft: alles was du hörst und siehst, darüber zu schweigen. Wenn wir alleine sind, kannst du mich alles fragen."

Dann kam der erste Brief meines Vaters und meine Mutter las ihn mehrere Male kopfschüttelnd durch. Sie gab mir viele Küsschen und sagte, die schickt dir Papa mit einem lieben Gruß und er hat uns ganz doll lieb. Ein wenig war ich dennoch getröstet, als mir Mama erzählte, dass jetzt viele Kinder und Mütter alleine wären.

Inzwischen eilten wir von einer Wohnungsbesichtigung zur anderen, dabei nahm meine Mutter mich überall mit und so lernte ich sehr bald alle Ämter und verschiedene Behörden kennen, ich staunte oft über die vielen Türen und Treppen in den großen Gebäuden. Manchmal hatte meine Mutter eine sehr energische Aussprache und am Ende bekam sie immer, was sie wollte. Ich bewunderte sie dafür sehr und wollte später genau so werden wie sie. Oft gab ich den Leuten ziemlich freche Antworten, dann hagelte es Ermahnungen und Mama meinte, ich sollte nicht so altklug daherreden. Aber ich musste mich doch irgendwie wehren gegen das Unrecht, das uns fast täglich begegnete. Überall hingen plötzlich Fahnen an den Häusern und marschierten Soldaten mit Gewehren vorbei. Es war überall eine große Unruhe. Ich fühlte mich ängstlich und unsicher. Meine Mutter legte dann schützend den Arm um mich und versuchte, mir alles zu erklären.

„Lilli, ohne die Hilfe deines Vaters ist alles sehr schwer für mich, ich muss von neuem alles alleine durchstehen und das fordert viel Kraft von mir. Also, meine Lilli sei lieb, damit hilfst du mir sehr."
Ich habe es versucht, aber das kleine, unbeschwerte Mädchen gab es nicht mehr. Meine Tante Röschen kam kurz zu Besuch und hatte als Brosche das neue Parteiabzeichen an ihre Bluse gesteckt. Empört sagte meine Mutter: „Nimm sofort dieses Bratkartoffelding ab, schämst du dich nicht?"
Aber Tante Röschen, die Schwester meiner Mutter meinte: „Else wie stellst

du dir das vor? Ich muss es tragen, mein Mann ist Rittmeister auf der Ordensburg Vogelsang." Sie redeten noch eine Zeit hin und her und dann ging meine Tante mit bösem Gesicht davon und Mama murmelte etwas von einer dummen Gans.

„So, mein Kind jetzt backe ich einen Kuchen und nachher zünden wir die Kerzen an, hören ein bisschen Musik aus dem Radio und machen es uns gemütlich wie früher und denken dabei an den Papa." Meine Mutter schloss die Haustür ab und sagte: „So, die Welt bleibt jetzt draußen." In diesem Moment waren wir wieder ein wenig glücklich. Ein paar Wochen später kam die traurige Nachricht vom Tod eines Rittmeisters und Tante Röschen war nun Witwe. Der kleine Sohn Wolfram musste jetzt ohne Vater groß werden. Aber was war geschehen? Das Pferd des Rittmeisters schlug mit der Hinterhand aus und traf mit seinem Huf den unglücklicherweise dahinter stehenden Mann. Der Huf des

Pferdes hatte ihm die Gehirnschale eingedrückt. Er war auf der Stelle tot. Mama sagte, für die Zukunft wäre es ein böses Vorzeichen.

Oma Anna und mein sechster Geburtstag

In den Sträuchern vor unserer Haustür schimpfte eine Schar Spatzen und ich dachte, ihr habt ja Recht, bei so einem komischen Wetter ärgerlich zu sein. Mal regnete es, mal schien die Sonne. Ich stand am Fenster und sah missmutig hinaus. Dabei hätte es so lustig sein können, mit den Nachbarskindern draußen zu spielen. Mitten in meine Gedanken hinein sagte meine Mutter: „Lilli was ist denn? Du siehst ja so unzufrieden aus?" Sogleich sollte sie mir erklären, warum das Wetter so launisch war.

„Nun ja" meinte sie, „manchmal streiten

sich Engel und Teufelchen im Himmel herum, genau so wie du mit deinen kleinen Freunden und wer am Ende Recht hat, lässt es regnen oder es scheint die Sonne." Während sie sprach, schaute sie zu den Wolken empor und dann verkündete sie sehr fröhlich: „Lilli, du hast Glück, morgen zu deinem 6. Geburtstag scheint die Sonne, jetzt musst du noch ein wenig Geduld haben." Ich war zufrieden, schaute noch eine Weile aus dem Fenster und erfreute mich an den schon erblühten Krokussen, den dicken Knospen der Bäume und am zarten Grün der vielen Sträucher. Inzwischen schien auch wieder die Sonne und mit Freude dachte ich an meinen Geburtstag mit den vier Nachbarskindern.

„Lilli" rief meine Mutter aus der Küche, sie war bei den Vorbereitungen zu meinem Geburtstag, „übrigens du weißt ja, dass auch deine Oma Anna kommt und darum bitte ich dich, nicht so viele Fragen zu stellen, sie ist darin sehr empfindlich. Da fällt mir gerade ein, in drei Monaten ziehen wir um in die Stadt und im September kommst du in die Schule." Ich freute mich über die Neuigkeiten und war auch schon sehr neugierig wie alles sein würde, aber irgendwie war ich doch etwas traurig und leise Angst kam über mich bei dem Gedanken, meine vertraute Umgebung und alles, was dazu gehört einfach zu verlassen. Meine Mutter war der Meinung, „es muss sein und da wir alles ohne die Hilfe deines Vaters machen müssen, habe ich keine andere Wahl." Außerdem wird dieses Haus hier bald verkauft und alle müssen ausziehen.

Von meinem Vater kamen ab und zu Briefe, aber diese freuten uns immer weniger und es gingen die wildesten Gerüchte um. Einmal erwähnte meine Mutter dass mein Vater auf dem Vormarsch nach Frankreich sei.

Auch Oma Anna war voller Sorge, was aus ihrem geliebten Sohn Karl würde und das andere Mal sagte sie, wenn er nur heil aus dem Krieg kommt. Meine Mutter und Oma waren sich gar nicht „grün". Der Grund, warum die Oma meine Mutter nicht leiden konnte war, sie hatte Omas Lieblingssohn geheiratet und das hat sie ihr nie verziehen. Mein Opa Maximilian war ein schöner, stolzer Mann, wie mein Vater mir einmal erzählt hat er war Landvermessungsrat und hatte später ein großes Hotel „zum Löwen" gekauft. Leider ist er sehr früh verstorben. Von dem Moment an nahm Oma ihren „guten Sohn Karl", wie sie ihn immer nannte, voll in Besitz. Sie bildete sich ein, er müsse jetzt ausschließlich nur noch für sie da sein und Oma machte ihr, wie meine Mutter mir erzählte, am Anfang ihrer Ehe das Leben schwer, bis mein Vater die Fronten klärte.

Eigentlich war Oma Anna recht hübsch und gepflegt, sie duftete immer nach Veilchen, hatte ganz weiße Haare und einen Mittelscheitel. Jeden Tag ließ sie sich die Haare rechts und links in Wellen legen und hinten zu einem Knoten drehen. Sie ging nicht nur aus Eitelkeit in den Frisörsalon, denn dort wurde sie hofiert und bekam gleichzeitig den neuesten Tratsch zu hören. So verließ sie jedes Mal zufrieden, auf ihren Ebenholzstock mit silbernem Hirschkopf gestützt, den Salon. In ihrem dunkelblauen Georgette-Kleid mit Spitzenchabot und Gemme schritt sie dann stolz wie ein Pfau durch den Ort, um die Neuigkeiten bei einem Pfefferminzlikör mit ihren Canaster-Freundinnen zu verbreiten. Zu mir war Oma Anna immer freundlich und einmal sagte sie: „Ein Glück, du gleichst genau deinem Vater." Solche Bemerkungen überhörte meine Mutter, sonst hätten beide das Kriegsbeil geschwungen. Gott sei es gedankt, Oma kam vielleicht dreimal im Jahr zu Besuch und blieb nie länger als drei Stunden. Wenn sie sich verabschiedet hatte, seufzte meine Mutter tief und sagte aus vollem Herzen: „Die sind wir wieder für lange Zeit los."

Meine Mutter hatte richtig vorausgesagt, dass an meinem Geburtstag die Sonne scheinen würde. Frühmorgens weckte sie mich mit einem Kuss und gratulierte mir herzlich zum sechsten Geburtstag. Nebenbei sagte sie: „Nun beginnt bald der Ernst des Lebens für dich." Was für ein Ernst? Mich interessierten vielmehr meine Geschenke, welche neben einer großen Torte auf dem Tisch lagen.

Ich sprang aus dem Bett und hörte wie meine Mutter rief: „Zuerst musst du die Kerzen auspusten." Ich holte tief Luft und blies so heftig, das alle Kerzen sofort verlöschten.

Oh, wie schön, ein Regenschirm und eine Umhängetasche, meine Freude wurde noch viel größer, denn in der Tasche waren ein Spiegel ein kleiner Kamm, Taschentuch und ein Fläschchen Lavendelparfum wie bei meiner Mutter und so fühlte ich mich schon viel größer, als ich eigentlich war. Da lag doch tatsächlich noch ein kleines rotes

Portemonnaie und als ich hineinschaute waren fünf Reichsmark darin. Meine Mutter erklärte mir, das wäre ein kleines Taschengeld und der Anfang, dass ich sparen lerne. Ich durfte von nun an jedes Mal für zwei Reichsmark etwas kaufen und drei Reichsmark musste ich in meine Osterhasen-Spardose tun. Ich war darüber sehr glücklich und das erste, was ich später gekauft habe - in Gegenwart meiner Mutter - war für eine Reichsmark eine große Tüte Himbeerbonbons.

„Lilli, wir bereiten jetzt den Tisch für deine Gäste und holen uns noch ein paar grüne Zweige und was sonst noch blüht aus dem Garten und verteilen diese in den Vasen." Peter, „das kleine Schlitzohr" wie meine Mutter ihn manchmal nannte, war der erste Gratulant und wie immer viel zu früh. Nachdem er mir ein Malbuch und Buntstifte aus Wachs überreicht hatte, wollte er sofort ein Stück von meiner Geburtstagstorte haben. Aber meine Mutter brachte zum Ausdruck, dass er leider warten müsse, bis alle Gäste versammelt wären.

Plötzlich pochte es ganz laut an der Tür und als Mutter sie erstaunt öffnete, stand der Briefträger mit einem Paket davor. Sie quittierte den Empfang und der Briefträger bekam ein kleines Schnäpschen und ein Trinkgeld.

„Auf dem Paket steht ‚Feldpost' und es ist von deinem Vater. Lilli du siehst, er hat dich nicht vergessen. Dann wollen wir mal sehen was in dem Paket ist." Kurzerhand zerschnitt meine Mutter die Kordel. Obenauf lag eine Karte, sie hatte die Form eines Schmetterlings und in der Karte lag ein Brief an meine Mutter. „Lilli, schau dir schon mal die Geschenke an, ich lese in der Zeit den Brief." Aufgeregt pochte mein Herz und aus dem Seidenpapier leuchtete mir ein wunderschönes rosa Kleid entgegen mit weißem Bubikragen. In einem Kästchen lag eine Kette mit Armband aus rosa und weißen Glasperlen, dazu noch ein

Bilderbuch. Peter stand mit rotem Gesicht dabei und meinte: „Davon kann ich nichts gebrauchen, ist ja alles nur für Mädchen" und sie verzog das Gesicht, als wollte sie weinen."

Meine Mutter reichte mir die Schmetterlingskarte: „Hier, die ist für dich, Vater schickt dir viele Grüße und Küsse zum Geburtstag und wird dich immer lieb haben und er ist sehr stolz auf sein tapferes Mädchen. Aber da ist ja auch ein Geschenk für mich, oh ein Hemdhöschen mit Unterrock und eine Schachtel Pralinen. Lilli wenn gleich deine Gäste versammelt sind, kannst du jedem eine Praline anbieten."

Kaum waren der Karton und die Wäsche weggeräumt, kamen auch schon die Kinder und gratulierten. Lillis Freude war groß und aufgeregt lief sie hin und her. Inzwischen waren der Kakao und der Kuchen verteilt und alle saßen fröhlich schwatzend und kichernd um den Geburtstagstisch und ließen sich die

Vanille-Buttercremetorte schmecken.
Auf Wunsch von Lilli sangen alle ihr
Lieblingslied, nämlich „Alle Vögel sind
schon da, alle Vögel, alle…"

Mitten im schönsten Gesang stand
plötzlich Oma Anna in der Tür und
freundlich lächelnd sang sie mit. Lilli
holte ihr Fußbänkchen und stellte es vor
die erstaunte Oma hin, stieg darauf um
sie zu begrüßen. „Warum tust du das?"
„Damit du dich nicht so bücken musst
Oma und dir der Rücken nicht weh tut."
Oma Anna war sichtlich gerührt und
meinte: „Lilli,, du bist ein wirklich gutes
Kind, aber nun schau was du zum
Geburtstag bekommst." Zu meiner
Mutter sagte sie: „Da Lilli noch in diesem
Jahr in die Schule kommt habe ich ihr
eine Kombination gekauft." Es war ein
dunkelblauer Faltenrock mit
Spenzerjäckchen und einer weißen
Rüschenbluse. Sofort musste ich alles
anziehen und es passte perfekt. Ich sah
sehr hübsch darin aus, wie alle
bestätigten. Wir bedankten uns vielmals

und Oma erklärte, dass alles von der Familie Bleyle wäre und das bedeutete beste Qualität. Oma bekam ein Stück Torte und Kaffee und ich durfte mich wieder umziehen.

Zum Spielen gingen wir zuerst in mein Zimmer und später in den Garten. Dort hatten wir einen Tisch mit leeren Glückskleedosen aufgebaut. Mit drei Würfen musste man die Dosen treffen und der Sieger bekam einen Riegel Sarotti-Schokolade. Es machte großen Spaß und es gab Brauselimonade. Wir spielten noch Verstecken, Bockspringen, Schinkenklopfen und noch vieles andere.

Später kamen dann nach und nach die Mütter, um ihre Kinder abzuholen. Meine Mutter bot ihnen Torte und Marmorkuchen an, kurz darauf war der schönste Kaffeeklatsch im Gange und Oma Anna führte das Wort, sie erzählte stolz aus ihrem Leben in Luxus und von ihrem „guten Sohn Karl". Dass sie noch drei andere Kinder hatte, muss sie wohl vergessen haben. Eine Autohupe erklang und Oma Anna verabschiedete sich, diesmal ohne die üblichen Ratschläge. Wir brachten sie noch zum Auto. Kaum war sie außer Sichtweite, seufzte meine Mutter ganz tief, wir sahen uns nur an und kehrten laut lachend zu den Gästen zurück und fröhlich feierten wir noch eine gute Stunde weiter. Der schönste Tag geht nun mal zu Ende, leider auch mein Geburtstag. Peter aber stand mit großen Augen vor dem restlichen Kuchen und sagte: „Ich habe nur ein Stück gegessen, ich könnte aber noch drei Stücke Kuchen vertragen." Mutter lachte und meinte: „Wenn du mir versprichst, deiner Mutter ein Stück abzugeben, bekommst du sogar vier Stücke." Peter strahlte und nickte. Glücklich nahm er den Teller mit dem Kuchen und trug ihn ganz vorsichtig nach Hause. Er wohnte nur drei Häuser weiter. Seine Mutter war immer etwas kränklich. Ich schaute mir noch einmal meine Geschenke an und war froh und zufrieden, dass ich einen so schönen Geburtstag hatte.

Abschied und Umzug

Es war soweit, wir zogen um. Alle Türen im Haus standen weit offen und die Möbelpacker ließen ein Teil nach dem anderen in dem riesigen Möbelwagen verschwinden. Peter, mein kleiner Freund, stand mit großen Augen daneben und wollte nicht begreifen, dass wir nun doch in die Stadt ziehen würden. Meine Mutter indessen gab die nötigen Anweisungen wie ein General. Ich saß auf einem großen Karton mit meinen Spielsachen und bewachte sie. Peter war der Meinung, ich sollte ihm außer den Puppen alles schenken. Zufällig hörte das meine Mutter und lachend ermahnte sie ihn, nicht so habgierig zu sein. Ein Stück Schokolade stellte den Frieden wieder her. „Lilli, in einer Stunde kommt Oma Anna und holt dich ab. Du bleibst drei Tage bei der Oma, bis ich alles ausgepackt und eingerichtet habe. Versprich mir, dass du brav bist. Sobald ich fertig bin, hole ich dich in dein neues Zuhause."

Peter hörte mit offenem Mund zu und dann sagte er: „Lilli, ich bin ganz traurig oder ärgerlich, ich weiß es nicht so genau, weil ich nun nicht mehr mit dir spielen kann, du bist doch meine beste Freundin." Nun war auch ich traurig und fing an zu weinen. Meine Mutter versprach Peter, dass er uns mit seiner Mutter jederzeit besuchen könnte und das würde bestimmt spannend und lustig, denn wir wohnten im Hauptzentrum der Stadt, gleich neben der Feuerwehr und gegenüber einer großen Kirche mit drei riesigen Glocken, auch fahren ganz in der Nähe alle Straßenbahnen. Peters Gesicht drückte nun Staunen und Begeisterung aus. Ich war jetzt auch sehr neugierig, was mich alles erwarten würde. Von Metternich über die Moselbrücke war man direkt in Koblenz. „Also, liebes Peterchen, es sind 15 Minuten mit der Straßenbahn und gar nicht weit, ich habe schon mit deiner

Mutter darüber gesprochen." Ein Küsschen, ein Händedruck und Peter machte sich eiligst davon, drehte sich aber nochmals um und rief: „Lilli, ich komme dich bald besuchen!"

Wir hatten uns schon vor einer Woche von allen Nachbarn und dem Herrn Pastor verabschiedet. Er sagte, „wir werden ihre schöne Stimme sehr vermissen."

Mit guten Wünschen und kleinen Geschenken sollte es ein Abschied für immer sein, ich hatte ein unbestimmtes Gefühl. So musste es einem Baum ergehen, dem man die Wurzeln langsam aus der Erde zog. Pünktlich erschien Oma Anna mit Herrn Müller, dem Chauffeur, und nachdem ich mich heftig von meiner Mutter verabschiedet hatte, stieg ich mit meinem kleinen Köfferchen und meiner Puppe Lisa ins Auto. Unter Winken und Handküsschen fuhren wir ab und waren bald darauf zu Hause bei Oma Anna. In der Küche von Oma roch es immer sehr gut, das kam vom Zitronat. In zwei große Gläser kam viel Kristallzucker und darin konservierte sie monatelang Orangen- und Zitronenschalen. Ab und zu durfte ich ein bisschen probieren. Das Zitronat war ja eigentlich zum Kuchenbacken und Oma backte viel und gern.

„Lilli, morgen besucht uns deine Tante Josefine mit Annette und dann backen wir arme Ritter."
„Oh, was für eine Freude. Oma, Papa sagte einmal du backst die besten Ritter weit und breit!"
„Ach, ja" seufzte sie, „wenn doch mein guter Karl nur bald gesund aus dem fürchterlichen Krieg zurückkommt."
„ Ja, Oma, ich möchte auch meinen Vater wieder haben."

„Lilli, gleich nach dem Mittagessen, spielen wir Mensch ärgere dich nicht, du weißt ja, so viele Punkte auf den Würfeln, so viele Zahlen." Bis 30 konnte ich schon zählen, aber am besten konnte

ich lesen und das kam daher: Meine
Mutter nahm mich beim Lesen der
Bilderbücher auf ihren Schoß und fuhr
mit dem Zeigefinger unterhalb der
Schrift entlang und so prägten sich mir
ganze Sätze ein. Später hieß es, ich hätte
ein fotographisches Gedächtnis.

Es wurde ein lustiger Nachmittag. Oma
meinte: „Lilli, heute Abend gibt es kalte
Küche, Tür und Fenster auf." „Was ist
das denn Oma?" Sie lachte und erklärte
mir, „das sind belegte Brötchen und dazu
trinkt man Kakao.

„Für die drei Tage schläfst du auf dem
Sofa in meinem neuen Zimmer." Oma
erzählte mir, nach dem Tod von Opa
Maximilian habe sie die Ehebetten
rausgeschmissen, von Grund auf
renoviert und in etwa neu möbliert.
„Trag schon mal dein Köfferchen rein
und schau dich um." Dieses Zimmer
gefiel mir sofort. Es war ein
Damenzimmer geworden mit
Biedermeier-Tapete, wie Oma Anna stolz

bemerkte. Später als ich in den frischen Kissen lag, war ich rundum zufrieden, ich dachte noch ein bisschen an meine Mutter und dann schlief ich mit meiner Lisa im Arm sofort ein.

Am anderen Morgen erwachte ich durch klappernde Geräusche. Oma bereitete das Frühstück. Ich bekam sogar zwei Spiegeleier, sie wusste wie gern ich Eier aß, in allen Varianten. Oma meinte etwas ärgerlich: „Ich muss mal mit dem Jungen sprechen, der die Brötchen bringt. Über ein Jahr bekomme ich vier Brötchen jeden Tag. Seit einiger Zeit sind es aber nur noch drei."
„Oma, vielleicht ist es eine Maus, die Hunger hat."
„Dann ist es aber eine zweibeinige."

„Lilli wir machen uns jetzt schön und ich nehme dich mit in meinen Friseursalon." Ich war hoch erfreut, dort roch es immer so gut, alle waren freundlich und zum Schluss wurden Oma und ich mit einem feinen Duft angesprüht.

„Hier in diesem Lebensmittelgeschäft muss ich noch eine Bestellung machen, sie bringen es dann bis 12 Uhr nach Hause." „Oh Oma, kauf doch von den schönen Blumen!"
Oma erwiderte: „Das, Lilli, können wir uns sparen, Tante Josefine bringt bestimmt welche mit."

Zu Hause bereitete Oma schon mal alles für den Besuch und die armen Ritter vor. Annette, meine Cousine, war drei Jahre älter als ich und sehr hochmütig. Das erste, was sie zu mir sagte war: „Na, du Landpomeranze?" Ich hatte mich so auf sie gefreut und nun wurde ich bitter enttäuscht. Auf der Stelle sollte sie sich bei mir, entschuldigen. Ich nickte stumm nahm die Entschuldigung an, aber ich habe kein Wort mehr mit ihr gesprochen. Diese Kränkung habe ich mein ganzes Leben lang nicht vergessen. Die armen Ritter schmeckten mir aber trotzdem.

Wie versprochen holte mich meine

Mutter am vierten Tag in mein neues Zuhause. Oma und ich saßen noch beim Frühstück und so trank meine Mutter eine Tasse Kaffee mit und berichtete über den Verlauf des Umzugs und alle damit verbundenen Schwierigkeiten, sowie Neuigkeiten.

Zum Abschied schenkte mir Oma Anna ein goldenes Kettchen, daran hing ein sixtinisches Engelchen, mit den Worten: „Das ist jetzt dein Schutzengel, in der Zukunft wirst du ihn brauchen." Wir bedankten uns vielmals und Oma Anna versprach, uns bald im neuen Heim zu besuchen. Mit der Straßenbahn waren wir schnell an der Liebfrauenkirche, genau gegenüber wohnten wir.
Das Haus war im Jugendstil gebaut mit einem großzügigen Treppenhaus und einem wunderschön geschnitzten Geländer. Schnell lernte ich, wie man darauf rutschend vom vierten Stock ins Parterre gelangte. Natürlich nur, wenn meine Mutter nicht gegenwärtig war.

Im ersten Moment kam ich mir etwas verloren in dem großen Haus vor, aber als meine Mutter die Tür zu meinem Zimmer öffnete, brach ich in ein Freudengeschrei aus, so schön hatte ich es mir nicht vorgestellt. Hellblaue Tapeten mit silbernen Sternen und einem Mond. Ein großes, weißes Regal für Bücher und Spielsachen stand quer an der linken Seite des Raumes und unterteilte ihn. Auf der Rückseite des Regals, hing an einer Laufschiene eine Mousseline-Gardine, leicht gerafft und mit einer hellblauen Schleife gehalten. Genau dahinter stand mein Bett mit einem neuen Kleiderschrank. Vor der offenen Seite des Regals gab es noch einen halbhohen Tisch mit zwei Stühlen und eine längliche weiße Kiste, auf der meine zwei Puppen saßen und mich ziemlich zerzaust anschauten. Ich nahm mir vor, ihnen bald eine neue Frisur zu machen. Kurz war jetzt modern, so wie ich die Haare trug. Aus vollem Herzen dankte ich meiner Mutter und war sehr stolz, denn soviel ich wusste, hatte keiner von meinen Freunden so ein schönes Zimmer.

„Komm, Lilli, wir schauen uns noch die anderen Zimmer an." Das Schlafzimmer der Eltern war mir vertraut, im weißen Schleiflack. Übergardinen mit Rosenmotiven verliehen dem Zimmer Wärme und Gemütlichkeit. Es roch himmlisch nach Äpfeln, sie lagen auf Packpapier oben auf dem Kleiderschrank. Im so genannten Wohnzimmer fehlte noch einiges, aber da lag ein neuer Orientteppich von stattlicher Größe.

Außerdem war da noch ein Bücherschrank, voll mit Büchern aus Mutters und Vaters Studienzeit. Fasziniert blickte ich auf zwei Stufen in einem höher gelegenes Dreieck mit langen Fenstern. „Das, mein Kind, nennt man einen Erker." Ich lief von Fenster zu Fenster und war sprachlos. In der genau gegenüberliegenden Kirche konnte man in den Glockenturm sehen. Meine

Mutter seufzte und das tat sie sehr oft, es war wohl so eine Art Gefühlsventil. Sie meinte, wenn die Glocken läuten, wird es ziemlich laut werden, aber mit der Zeit werden wir uns daran gewöhnen. Die Liebfrauenkirche ist der Gottesmutter geweiht und eine der schönsten Kirchen von Koblenz. Morgen Vormittag werden wir sie besichtigen und ein paar Kerzen aufstellen.

„So, nun habe ich noch eine Überraschung! In der Wohnküche sitzt einer auf dem Sofa und wartet auf dich." Sie öffnete die Türe und mein Erstaunen war groß. Bis auf einige geschmückte Gegenstände und Bilder war alles neu, hell und freundlich. Dann sah ich ihn, den riesigen Teddybär und voller Freude bekam er zu Begrüßung ein Küsschen. Ganz langsam sah ich mich um. Am Sofa stand ein kleiner runder Tisch mit doppelter Ablage für Zeitungen. Darüber ausgebreitet ein weißer Seidenschal - ein Geschenk von meinem Vater - darauf ein gerahmtes Familienfoto und ein

Aschenbecher dienten als Dekoration.

Es dauerte nicht lange, bis der Aschenbecher benutzt wurde, denn kurz darauf rauchte meine Mutter ihre erste Zigarette. In der Öffentlichkeit war es allerdings streng verboten. Es hieß, eine deutsche Frau raucht nicht. Meine Mutter neigte immer schon zur Fortschrittlichkeit und hatte so ihre Heimlichkeiten. In den Abendstunden, um eine bestimmte Zeit, drehte sie an Knöpfen des Radios, einem so genannten Volksempfänger, dass es quietschte und krachte, um verbotene Nachrichten über einen Schwarzsender zu hören, der sich Kalei nannte. Sie verbot mir mit Nachdruck, jemals darüber ein Wort zu verlieren, denn sonst würden wir verschleppt und getrennt. Meiner Verschwiegenheit konnte sie sicher sein.

Mein neues Zuhause gefiel mir sehr. Es klopfte an der Türe und vor uns stand die Nachbarin mit einem Blumenstrauß. Sie wünschte uns viel Glück zum Einzug.

Meine Mutter bat sie herein und bot ihr an, mit uns Kaffee zu trinken. Frau Degenhard nahm dankend an und nachdem die Blumen versorgt waren und der Kaffee auf dem Tisch stand, machten wir es uns in dem neuen Stuhlsesseln mit den rosa Kissen bequem.

Frau Degenhards Blick ruhte auf mir und traurig sprach sie: „Was haben sie für eine hübsche Tochter. Ach, wäre mein armer Alexander gesund, so könnten sie miteinander spielen. Mein Sohn ist erst acht Jahre alt. Gott wird ihn wohl bald zu sich nehmen." Während sie über ihr trauriges Schicksal erzählte, sah ich meine Mutter fragend an und sie nickte mir verständnisvoll zu. Mit meinem Teddy verschwand ich leise in meinem Zimmer. Von den Traurigkeiten wollte ich nichts mehr wissen. Mehrmals ließ ich Teddy brummen und setzte ihn auf den zweiten Stuhl mir gegenüber und dann malte ich für meine Mutter ein Bild mit vielen Blumen und Sonnenschein.

Später kauften wir noch etwas ein, in einem Lebensmittelgeschäft ganz in der Nähe. So etwas hatte ich noch nicht gesehen. Ein Geschäft von dieser Größe. Einen Moment lang fühlte ich mich etwas verloren. „Lilli, bis ich hier fertig bin, kannst du dir drüben schon mal die Fischtheke ansehen mit dem Aquarium." Zögernd ging ich hinüber und stand nun Auge in Auge mit sechs dicken Fischen. Einer davon glotzte mich an und sein großes Maul bewegte sich auf und zu, als wollte er sagen, „komm ja nicht näher, sonst freß ich dich".

Es wurden noch zwei dicke geräucherte Bücklinge gekauft und draußen stellte ich fest, pfui, wie die Fische riechen, diese Stinker werde ich niemals essen. Meine Mutter lächelte nachsichtig. „Ach Lilli, irgendwann magst du auch Fische essen." Nun, es sollten 20 Jahre bis dahin vergehen.

Einmal im Jahr legte meine Mutter 20 Heringe ein, in eine köstlich angemachte

Sauce mit vielen würzigen Zutaten. Sie versprach einigen Bekannten, einen Probehering abzugeben, aber es war immer dasselbe. Kaum waren 24 Stunden vergangen, aß sie schon drei, mittags zwei und abends noch mal drei Heringe mit Pellkartoffeln. Die Sauce mit den Kartoffeln schmeckte mir gut, aber die Fische, nein. Nach eineinhalb Tagen waren noch zwei Heringe übrig und meine Mutter konnte ihr Versprechen nicht halten. Sie vertilgte auch die letzten zwei Heringe mit sichtlichem Vergnügen.

Inzwischen waren schon zwei Monate vergangen und wir hatten uns an den neuen Lebensrhythmus angepasst. Täglich stürmten farbige, aufregende, schöne und hässliche Dinge auf uns ein. Mit kühlem Kopf, Ungezwungenheit und viel Charme bewältigte meine Mutter den Alltag. Ihr sicheres Auftreten verhalf mir zu Ruhe und Einklang mit mir selbst.

Mein lieber Freund Peter hatte uns inzwischen mit seiner Mutter besucht und sie waren aus dem Staunen nicht herausgekommen. Zusammen kauften die Mütter uns den neuen Schultornister, dazu eine Schiefertafel, Schwammdose und eine Griffelkasten, denn in vier Wochen war die Einschulung. Selbstverständlich bekam Peter den gleichen Tornister wie ich. Meine Mutter machte ihm den Tornister zum Geschenk. Den leisen Protest der Mutter überhörte sie, „die Hauptsache ist doch, dass unser Peter sich freut." Wir besuchten dann noch ein kleines, aber feines Café und bei einem großen Eis mit vielen Früchten schworen Peter und ich uns ewige Freundschaft.

Bei der Verabschiedung erklärte meine Mutter: „Übrigens müssen wir in der nächsten Woche nach Metternich zum Ingenieurbüro. Dort liegt eine beträchtliche Geldsumme abholbereit, aus einem gemeinsamen Projekt, an dem mein Mann - wie man sieht, erfolgreich - beteiligt war." Sie bemerkte noch: „Gott sei Dank, finanziell haben wir keine

Sorgen." Peters Mutter bestätigte noch, dass der Militärsold pünktlich gezahlt würde und sie somit gut über die Runden kämen. „Leider bekomme ich zurzeit keine Post und bin ziemlich beunruhigt."

Meine Mutter meinte dazu: „Mir geht es ebenso und man muss mit dem Schlimmsten rechnen. Es sollen auch schon viele Soldaten gefallen sein." Ich mischte mich in das Gespräch und fragte: „Warum stehen die Soldaten nicht wieder auf, wenn sie gefallen sind?" Die beiden Mütter sahen sich traurig an und versprachen, uns den Sachverhalt später zu erklären.

Die furchtbarsten Ereignisse ließen auch nicht lange auf sich warten. Eines Morgens weckte uns ein riesiger Lärm. Wir sahen aus dem Fenster und uns stockte der Atem: Aus dem gegenüberliegenden Glockenturm wurden alle drei Glocken an langen Drahtseilen über riesige Gewinde herab gelassen, direkt auf dafür vorgesehene

Transporter. Die Glocken kamen in eine Munitionsfabrik und wurden dort eingeschmolzen. Ich hörte meine Mutter sagen: „Diesen Verbrechern ist aber auch nichts heilig" und aus ihrer Stimme waren deutliche Wut und Enttäuschung herauszuhören. Auch für mich war das Erlebnis ein Schock, denn ich liebte den Klang der Glocken von ganzem Herzen. Bis jetzt lebte ich noch sorglos in den Tag hinein, doch nun schlich sich wie ein böses Tier die Furcht in mein kleines Herz und ich lernte zu ersten Mal, was es heißt, Angst zu haben. Wehmütig dachte ich an die schöne unbeschwerte Zeit in meinem kleinen Dorf.

Die Ruhe vor dem Sturm

Jeden Tag brachte mich meine Mutter von der nur
15 Minuten entfernt liegende Schule und holte mich wieder ab. Ich war jedes Mal froh, sie zu sehen, denn diese Schule

gefiel mir überhaupt nicht und das vom ersten Tag an. Das Klassenzimmer war wie alles andere alt, muffig und viel zu groß für 20 Kinder. Der Schulhof sah grau und schmutzig aus und war von hohen Mauern umgeben. Die Lehrerin eine ältliche, dünne Frau und hatte die hässliche Angewohnheit, wenn ihr etwas missfiel mit einem kurzen Stock auf das Pult einzuprügeln. Zu mir war sie freundlich und lobte mich für mein gutes Lesen. Irgendwie war sie mir nicht geheuer und ich misstraute ihr. Ich wäre gerne auf eine andere Schule gegangen. „Nun Lilli, die ganze Welt steht auf dem Kopf, wir befinden uns im Krieg und es ist eine Frage der Zeit, wie lange wir noch friedlich leben können."

Von meinem Vater bekam ich vor zwei Monaten die letzte Post. Von diesem Tag an veränderte sich meine Mutter. Mit großem Tempo begann nun eine aufregende, aber schöne, abwechslungsreiche Zeit. Wir eilten am frühen Morgen in eins der vielen

Stoffgeschäfte und kauften drei
verschiedene Stoffe von leichter
Sommerqualität, so genannter Lavable.
Die Stoffe nebst eigenen Entwürfen
wurden sofort zur Schneiderin gebracht.
Die Fertigung eines Kleides durfte nicht
länger als drei Tage dauern, sonst konnte
meine Mutter sehr ungeduldig werden.
Meine Mutter war von den Ursulinen
erzogen worden und hatte dort auch
Nähen gelernt. Auch ich bekam zwei
neue Kleider. Ich wurde also mit einem
Russenkleid und einem Prinzesskleid
benäht. Mein Protest, ich gefiel mir
nämlich überhaupt nicht, wurde
energisch niedergemacht und so fügte
ich mich.

Drei Tage später wurde ein
Florentinerhut in einer wunderschönen
Hutschachtel abgegeben. Sofort wurden
das grüne Band und die Blume - die
Zierde des Hutes - abgeschnitten und ein
cremefarbener Seidenschal stattdessen
drapiert. Zwei goldene Hutnadeln
vollendeten das Ganze. Meine Mutter

betrachtete sich wohlgefällig im Spiegel und bemerkte so nebenbei: „Lilli, am Sonntag gehen wir aus zum Fünfuhr-Tanztee.

Auf meine Frage, was und wo das wäre, antwortete sie, ich sollte mich überraschen lassen. Meine Neugier war nun groß und ich zählte heimlich die Tage bis zum Sonntag. Indessen lief meine Mutter mit fröhlichem, aber geheimnisvollem Gesicht umher. Endlich war Sonntag, die Sonne schien und meine Mutter war bester Laune. Sie trällerte ein paar Melodien vor sich hin und pünktlich um 12 Uhr Mittags wurde gegessen. Auf Pünktlichkeit legte sie großen Wert, einmal sagte sie zu mir: „Merke dir, Pünktlichkeit ist die Höflichkeit der Könige.“

„Lilli, wir machen jetzt ein Schläfchen, vielleicht wird es heute Abend etwas später.“ Meine Neugier stieg, aber ich wagte nicht, wie üblich zu fragen. Ein herrlicher Duft von Kakao weckte mich.

Wir stärkten uns am Napfkuchen und mit merkwürdig ernstem Gesicht erklärte meine Mutter: „Gleich holt uns ein Pferd ab." Im gleichen Moment fing sie an schallend zu lachen, als sie mein verblüfftes Gesicht sah und dann lachten wir noch eine Weile vor uns hin. Ich dachte, sie trieb wieder einen ihrer Scherze mit mir.

Etwas später standen wir vor dem großen Spiegel im Schlafzimmer und bewundernd schaute ich meine Mutter an. „Mama, mit dem Florentinerhut bist du so schön wie eine Fee." Gerührt dankte sie mir für das Kompliment und sagte: „Dann bist du meine kleine Feentochter, denn auch du bist sehr schön." Wovon ich weniger überzeugt war. Tapfer nickte ich, Widerspruch gab es nun mal nicht. Meine Mutter schaute auf die Uhr und dann kurz aus dem Fenster, nahm ihre Handtasche und hängte mir mein kleines Täschchen um. „So Lilli, es ist soweit, man wartet auf uns." Unten angekommen blieb ich wie angewurzelt stehen und brachte kein Wort heraus. Da stand doch tatsächlich eine offene Kutsche mit zwei Pferden vor der Türe. Der freundliche Kutscher mit Bart half uns beim Einsteigen und im langsamen Trab fuhren wir durch Koblenz bis zum Rhein, unmittelbar am Deutschen Eck. Ich fühlte mich wie die Prinzessin aus einem meiner Märchenbücher.

Staunend sah ich, wie der Kutscher entlohnt wurde und hörte die Vereinbarung, uns um 20 Uhr wieder abzuholen. Wir sind vor dem schönsten und größten Hotel von Koblenz, dem Riesen Fürsten Hof abgestiegen. Eifrig führte uns ein Page in die Empfanghalle. Sofort wurden wir von dem Empfangschef begrüßt und an einen sehr günstigen Platz mit Blick auf Klavierspieler und Stehgeiger geführt. Meine Mutter wurde mit „gnädige Frau" angesprochen und mich nannte man die „niedliche Kleine", was ich sehr albern fand.

Nachdem die Bestellung aufgenommen wurde, wagte ich meine Mutter ganz leise zu fragen, warum sich die Leute so steif bewegen würden? „Nun Lilli, schau dich genau um, das Ambiente ist gepflegt, außergewöhnlich, teuer eingerichtet und das Essen ist international. Geschäftsleute, Reiche und Menschen mit Titel und Ehren sind viel im Riesen Fürsten Hof. Hier trifft sich die so genannte elegante Welt."
„Auch Prinzessinnen?"
„Ja, auch diese."

Nun sah ich mich noch interessierter und ungeniert um und träumte mit offenen Augen, als wäre ich in einem Schloss. In meine Betrachtungen vertieft, war mir entgangen das sich die Musiker vor den Gästen grüßend verbeugt hatte und nun ihren Instrumenten die schönsten Melodien entlockten. Meine Mutter ließ diskret ihre Blicke schweifen und lächelte mal hierhin, mal dahin. Plötzlich stand ein Herr am Tisch und forderte meine Mutter zum Tanz auf. Sie nickte gnädig, stand mit rotem Gesicht auf und mir zugewandt sprach sie: „Ich bin gleich wieder da, du schaust mir am besten beim Tanzen zu." Auf der Tanzfläche angekommen, küsste der Herr zunächst ihre Hand, was ihr wohl gefiel, denn sie strahlte über das ganze Gesicht und leichtfüßig glitt sie dahin. In diesem Moment dachte ich an meinen Vater. Ich hatte meine Eltern noch nie zusammen tanzen sehen und nun wurde mir mit einem mal bewusst, ich vermisste ihn.

Während meine Mutter tanzte, schenkten mir verschiedene Leute, Männer wie Frauen, kleine Bonbons. Angeblich, weil ich so niedlich wäre!

Nach einem kleinen Abendessen brachte uns Herr Lehmann, der Kutscher, wohlbehalten wieder nach Hause. Dass ich meinen Vater vermisst habe, verschwieg ich. Nach diesen schönen Stunden wollte ich meine Mutter nicht traurig machen, ich habe sie oft genug heimlich weinen hören. Unsere kleinen Freuden sollten nicht lange anhalten, sie nahmen ein jähes Ende, durch die Verdichtung der Tatsachen.

Bombardierung und Evakuierung

Es war 1943 und der Krieg mit all seiner zerstörerischen Macht wurde immer mehr sichtbar. Man war darauf gefasst dass es nur noch eine Frage der Zeit wäre, wann unsere Stadt von den Engländern bombardiert würde. Wir nahmen an Luftschutzübungen teil und fast jeden Abend um eine bestimmte Zeit hörte man über so genannte Schwarzsender, wie ernst die momentane Lage wäre. Die Sirenen heulten dreimal am Tag Probealarm und alle rannten so schnell es ging in die Keller und später in die stabileren Bunker. Bisher waren es noch Übungen für den Ernstfall. Überall liefen Männer mit Armbinden herum, Straßen- und

Häuserwart genannt, sie sorgten für Ordnung und darüber hinaus meldeten sie alle Vorkommnisse an oberster Stelle. Meine Mutter betitelte sie als „Spitzel" und man müsste sich vor Ihnen sehr in Acht nehmen.

An einem Abend, wir hatten es uns gerade gemütlich gemacht im großen Ehebett, - ich wollte von nun an nur noch ganz nah bei meiner Mutter sein, dann fühlte ich mich sicher - hörten wir schwere Schritte auf der Treppe und gleich darauf klopfte es an unsere Türe. Ängstlich drückte ich mich an meine Mutter und unsere Herzen klopften in wildem Takt. Dann rief eine Stimme, „Else mach auf, ich bin es." „Gott sei Dank, es ist dein Vater, so eine Überraschung." Mama rannte zu Tür riss sie auf und weinend lagen sich meine Eltern in den Armen. Ich wartete geduldig und wusste nicht, ob ich mich freute. Mein Vater war mir doch ganz fremd geworden, obwohl ich ihn immer vermisste. Und dann fiel sein Blick auf mich. „Lilli, was bist du groß geworden" er streichelte mir übers Haar, beugte sich zu mir hinunter gab mir viele Küsschen und flüsterte: „Ich habe immer an dich und Mama gedacht." Nachdem wir uns alle beruhigt hatten, erfuhren wir vom 14tägigen Front-Sonderurlaub meines Vaters. Die Freude war groß und wir nutzten die kurze Zeit intensiv.

Irgendwann in der Nacht wachte ich von einem wilden Getöse auf, es tobte ein Gewitter, ich hatte schreckliche Angst, rannte hinüber zu meinen Eltern und durfte die restliche Nacht im kuscheligen Bett zwischen ihnen verbringen. Am dritten Tag wurde mir bewusst, wie schön es ist, einen Vater zu haben, er nahm mich überallhin mit und war sichtlich stolz auf mich. Ich sagte ihm, dass ich ihn am liebsten nie mehr fortlassen würde. Mit traurigem Gesicht sprach er: „Das Schicksal will es anders, es ist der Kreislauf des Lebens, aber das alles kannst du noch nicht verstehen. Meine Lilli freue dich über jeden Tag, den du lebst, deine Mutter wird dir dabei helfen."

Früh machten wir uns auf den Weg zu Oma Anna. Nach tränenreicher Begrüßung wurde mein Vater gleich kritisiert, dass er sie nicht als erste sofort begrüßt hatte. Alle Einwände wurden niedergemacht und Schuld hätte nur meine Mutter. Oma Anna versuchte sie mal wieder ins schlechte Licht zu rücken. Mit Donnerstimme verschaffte sich mein Vater die nötige Ruhe und dann sagte er, sie sollte sich schämen. In Anbetracht der schrecklichen Geschehnisse sollte sie froh sein, ihren Sohn noch lebend vor sich zu sehen. Fassungslos starrte Oma Anna ihren guten Karl an und war augenblicklich von aller Eifersucht geheilt.

Plötzlich bemerkte mein Vater: „Warum bist du ganz in Schwarz gekleidet?" Sofort fing Oma Anna an zu weinen. Ich hatte es dir doch geschrieben, dass deine Schwester Erna plötzlich erkrankt ist und unerwartet schnell gestorben. Mein Vater war entsetzt, „Aber woran denn? Vor zwei Jahren war sie noch gesund und sie ist doch erst 33 Jahre und unsere Jüngste."

Schluchzend berichtete Oma Anna, Erna hätte in beiden Brüsten Krebs gehabt und die Ärzte konnten nichts mehr für sie tun. „Mein einziger Trost ist, sie hat nicht lange gelitten. Aber es gibt noch eine böse Sache:, man vermutet dass ihr Mann Edi gefallen ist, er wird seit acht Monaten vermisst." Wenn es zutrifft, wären ihre Kinder schon Vollwaisen. Inzwischen wurden Toni und Edith von Edis unverheirateter Schwester versorgt. Sie liebt die Kleinen. Wie du weißt, ist ihr älterer Bruder Stadtinspektor von Andernach und somit gibt es für die Kinder keine Probleme."

Mein Vater war bei diesen schrecklichen Neuigkeiten ganz blass geworden und ich drückte mich verstört an ihn und ließ seine Hand lange nicht los. Ich befand

mich in einem merkwürdigen Zustand
und hörte nicht mehr, was Oma Anna
und mein Vater redeten, ich sah beide
durch einen Nebel. Alle meine Ängste
waren auf einmal weg und ich hörte mich
wie von Ferne sagen: „Wir werden leben,
ich weiß es ganz genau und ihr müsst
nicht mehr traurig sein, denn Tante Erna
geht es gut." Mein Vater sah mich
aufmerksam und sehr erstaunt an. Oma
Anna meinte etwas nachdenklich, mein
guter Karl, vielleicht hat das Kind ja den
sechsten Sinn. „Lilli, ich werde an deine
Worte denken, wenn ich wieder an der
Front kämpfen muss, das wird mir Kraft
geben durchzuhalten."

Oma Anna und Vater unterhielten sich
weiter über wichtige Dinge, was im
Ernstfall zu tun sei. Während der
Unterhaltung half ich den Tisch zu
decken. Ich freute mich auf das Essen. Es
gab Sauerbraten, Klöße und Rotkohl,
eines meiner Lieblingsfresschen.
Nachher machte Oma ein Einweckglas
mit Pflaumen auf und ich aß mal wieder

mehr als ich vertragen konnte. Papa rauchte genüsslich eine Zigarre und nach dem Kaffee verabschiedeten wir uns sehr herzlich. Papa versprach, Oma zwei Tage später zum fälligen Insulintest zu begleiten. Sie litt an Diabetes und bekam jeden zweiten Tag eine Insulininjektion verabreicht von einer evangelischen Diakonin. Mit drei paar warmen langen Unterhosen und selbst gestrickten Wollsocken unter dem Arm, Omas Geschenk an Vater, machten wir uns auf den Heimweg. Wir schauten noch am Ingenieurbüro vorbei und standen vor verschlossener Tür. Kopfschüttelnd las Vater den einzigen Satz von dem Zettel an der Tür. Darauf stand: „Alles vorbei, wir sind an der Front!"

Die Enttäuschung konnte ich in seinem Gesicht ablesen und um ihn zu trösten, erzählte ich ihm, dass Mama von seinem letzten Auftrag viel Geld bekommen hatte, wir zum Tanztee waren und mit einer Kutsche gefahren sind. Mein Vater schaute mich ungläubig an und wütend

stieß er hervor: „Sieh mal an, na warte!"
Im selben Moment erkannte ich meinen
Fehler und trabte unglücklich neben
meinem Vater her. Ich hatte unbewusst
den ersten Streit zwischen meinen Eltern
provoziert.

Kaum zu Hause, flogen meiner Mutter
die hässlichsten Vorwürfe um die Ohren.
„Während ich an der Front kämpfe,
amüsierst du dich und wer weiß was
sonst noch", schrie er sie an. Das war
Mama dann doch zuviel. Sie verteidigte
sich wie eine Löwin. „Bevor du hier so
ungerecht herum schreist gebrauche dein
Gehirn und lass die dumme Eifersucht.
Ich kämpfe Tag für Tag in Erfüllung
meiner Pflichten an Lilli. Ängste, Nöte,
Alleinsein, die ganze Last liegt auf
meinen Schultern und wer hat mich
denn betrogen? Du oder ich - und mich
damit maßlos enttäuscht? Die allgemeine
Situation ist schon ernst genug und das
alles hier vor unserer Lilli, du musst dich
wirklich schämen."

In Anbetracht meines schlechten Gewissens hatte ich mich in mein Zimmer geschlichen, aber absichtlich alle Türen aufgelassen, damit mir nichts entging. Auf einmal war es mucksmäuschenstill und während ich überlegte, was das zu bedeuten hatte, hörte ich die Stimme meines Vaters sagen: „Else, es tut mir leid, verzeih mir, es soll nicht wieder vorkommen!" Meine Mutter kam zu mir und erklärte, Lilli, auch Eltern müssen manchmal streiten, so wie du mit deinen kleinen Freunden, aber dann muss man sich auch wieder vertragen. Ich sah Mama mit großen Augen an und behauptete, ich habe überhaupt nichts gehört. Wissend lächelte sie und sagte, na umso besser. Dass mein Vater Unrecht hatte, begriff ich sofort, denn sonst hätte er sich ja nicht entschuldigt. Dass meine Mutter sich so erfolgreich verteidigt hatte, wollte ich mir für alle Fälle merken.

Durch das geöffnete Fenster hörten wir Edeltraut, ein Nachbarkind, das laut

meinen Namen rief und dann klingelte es
Sturm. Keuchend von den vielen
Treppenstufen wollte sie wissen, ob ich
mit ihr Rollschuhe fahren dürfte, dabei
starrte sie staunend meinen Vater an:
„Also, du hast ja doch einen Vater. Mein
Bruder Fritz war der Meinung, dass du
keinen hast, so wie wir. Unsere Mutter
hat uns erklärt, wir hätten jeder einen
Vater, aber weil vier Väter zu viele
wären, würde sie lieber mit uns alleine
bleiben, dann gäbe es weniger Ärger."
Mama machte ein besorgtes Gesicht und
Papa grinste von einem Ohr zum
anderen und sagte nur „So, so..."

„Nun gut, für eine Stunde könnt ihr
unten spielen. Lilli ich rufe dich wenn die
Zeit um ist." Edeltraut hatte sofort feste
Regeln. „Lilli, du fährst sechsmal und ich
achtmal". Ich war einverstanden, obwohl
es ungerecht war. Kaum stand ich
festgeschnallt in den Rollschuhen,
fuchtelte ich auch schon mit wilden
Verrenkungen in der Luft herum.
Edeltraut hatte gut Lachen, sie konnte

schon Rollschuhe fahren. Als die Stunde zu Ende war, hatte ich die Balance gefunden und meine Knie waren auch noch heil. An einer langen Schnur schwebte uns ein Körbchen entgegen, darin befanden sich zwei Vesperbrote und meine Mutter rief: „Ihr dürft noch etwas länger spielen!" Edeltraut war begeistert und blitzschnell hatte sie alles verzehrt. Während ich noch an meinem Brot herumkaute, schaute sie mir gierig zu, zog dann aber die Rollschuhe an und fuhr auf und ab. Schüchtern fragte ich, ob ich noch mal fahren dürfte. Edeltraut antwortete, das ich das könne, wenn sie noch ein Brot bekäme. Ich rief so laut ich konnte nach meiner Mutter, sie war sofort am Fenster. Mama ich habe noch Hunger, kann ich bitte noch ein Brot haben? Sie schaute etwas erstaunt, war aber einverstanden und gleich darauf schaukelte ein gut belegtes Brot im Körbchen nach unten. Edeltraut griff sofort zu und biss herzhaft hinein. Kauend war sie der Meinung, das machen wir jetzt jeden Tag so, für

zehnmal auf und ab fahren bekomme ich
jedes Mal ein Vesperbrot.

Was ich nicht wissen konnte: Meine
Mutter hatte alles von oben beobachtet.
Gleich darauf stand mein Vater vor uns
und forderte Edeltraut auf, sofort nach
Hause zu gehen und mich in Ruhe zu
lassen. So etwas kannst du mit deinen
Brüdern machen, aber nicht mit Lilli.
Trotzig schaute Edeltraut meinen Vater
an und streckte ihm mit einem „Bäh" die
Zunge heraus und trollte sich.

Mein Vater kaufte mir noch am selben
Tag Rollschuhe mit roten Lederschnallen
und den Schlüssel zum Verstellen trug
ich stolz an einem Band um den Hals. In
der Nachbarschaft gab es zwei Mädchen
und einen frechen Erwin in meinem
Alter und deshalb war Edeltraut bald
vergessen. Mit Genuss paffte Vater an
seiner Zigarre und las die Zeitung. Mama
riss alle Fenster auf wegen dem Qualm.
„Else, werde bloß nicht ungemütlich"

bemerkte er mit einem Blick auf die Uhr.

Bleich kommt Onkel Erich und bringt zwei Militärkisten, sie sind aus Metall und robust. Erich ist der jüngere Bruder von Vater und bei der Bahnpolizei. Die Kisten werden euch sehr nützlich sein, für den Fall dass eine Evakuierung bevorsteht. Ich war jetzt sehr beunruhigt und wollte wissen, was das Wort Evakuierung bedeutet. Das ist eine Vorsichtsmaßnahme, erklärte Vater, Frauen und Kinder werden in eine weit entlegene Stadt gebracht, in eine freie Kriegszone, zum Beispiel. Meine Mutter murmelte, „der verdammte Krieg bringt uns alle auseinander". Viel später begriff ich, wie Recht sie hatte.

Die drei restlichen Urlaubstage meines Vaters verbrachten wir recht lustig, obwohl Mama, seufzend in Gedanken an die Zukunft, öfter sehr bedrückt war. Mein Vater holte mich jeden Tag von der Schule ab, alle schauten mit Respekt auf seine Uniform und ich war mächtig stolz auf ihn.Nach einem kurzen Gespräch mit der Lehrerin - sie war mit meinen Leistungen zufrieden - bemerkte er: „Was bist du doch für ein kluges Kind. Übrigens Lilli, heute Abend feiern wir ein bisschen mit ein paar Freunden. Paula bringt Herminchen mit, dann könnt ihr schön zusammen spielen." Ich war erfreut und wollte wissen, ob es dann auch Kartoffelsalat gäbe, den mochte ich besonders gern und dazu leckere Schnittchen. Es wurde dann auch ein sehr fröhlicher Abend mit Musik aus dem Radio bei Bier und Wein. Morgens frühstückten Mama und ich alleine, Papa lag auf dem Sofa. Mit einem feuchten Tuch auf der Stirn, mit Alka–Selzer, viel Wasser, aua! und oh weh! hatte er sich bald wieder erholt. Den Nachmittag verbrachten meine Eltern mit Ordnen von Dokumenten und wichtigen Notizen.

Die Sirene heulte Probealarm. Vater veranlasste, dass wir uns schnellen Fußes in den Hauskeller begaben, er wollte ihn zwecks Sicherheit, nochmals genau inspizieren. „Es sind zwei übereinander liegende Keller, im Notfall müsst ihr euch im tiefer gelegenen Keller aufhalten. Dort sind die Chancen größer bei einer Verschüttung entdeckt zu werden." Mama hatte schon seit längerer Zeit, zwei kleinere Koffer mit dem notwendigsten gepackt. Im Einverständnis mit dem Hauswart trugen beide Getränke aller Art, vor allem Säfte und Selterswasser in den Keller. Ich fühlte mich hin und her gerissen zwischen Angst, Neugier und der großen Frage, warum.

Zwei Tage waren es noch bis mein Vater wieder zu seiner Einheit musste. Ich wich keine Sekunde mehr von seiner Seite. So nahm er mich mit zum Wehramt, zwecks Rückmeldung an die Front und einen Stempel im Wehrpass.

Er wurde in ein Nebenzimmer gebeten und sprach lange mit einem großen, dicken Mann. Indessen saß ich bei einer Sekretärin, sie wollte einiges über Mama

wissen. Meine Mutter hat mir
beigebracht, falls mich jemand ausfragen
wollte, stets freundlich zu antworten:
„Ich bin noch klein, das weiß ich nicht
und meine Eltern haben mich lieb." Sie
hörte auf mir Fragen zu stellen und gab
mir eine Papierfahne mit Hakenkreuz.
Bald darauf kam mein Vater mit ernstem
Gesicht zu mir, nahm mich an der Hand
und alle riefen laut „Heil, Hitler!"

„Lilli wir fahren jetzt sofort zu Oma
Anna, ich muss mich von ihr
verabschieden." Mein Onkel Erich war zu
gegen und soviel ich verstand, wollte er
die Versorgung von Oma übernehmen.
Beim Abschied flossen viele Tränen,
auch ich war traurig, konnte aber nicht
weinen. Ungeduldig wurden wir von
Mama erwartet. „Else, ich brauche einen
Schnaps, besser du trinkst auch mal
einen. Sie wehrte ab, du weißt ich
vertrage keinen Alkohol." Nach der so
genannten Stärkung folgte noch eine
zweite, dann erzählte er, dass er sechs
Stunden früher zu seiner Einheit müsste

und schwere Kämpfe bevorständen. Über das wie und warum dürfte er nicht sprechen, es wäre geheim. Am besten du packst schon mal meine Sachen, denn viel Zeit bleibt uns ja leider nicht. Mein Vater nahm mich auf seinen Schoß, drückte mich ganz fest und bat mich für ihn zu beten.

Endlich konnte ich weinen: „Ach, Papa ich werde dich bestimmt wieder sehen, aber vielleicht erkenne ich dich nicht mehr." Betroffen schauten sich meine Eltern an und Mama sagte: „Lilli macht immer wieder so seltsame Sprüche, ich glaube sie versteht es selbst nicht, sie ist eben sensibel."

Unser letztes gemeinsames Abendessen verbrachten wir in ziemlich bedrückter Stimmung, bis Vater aufstand und im Radio nach Musik suchte, wobei die Propagandastimme von Göbbels auf drei Kanälen zu hören war. Der hat mir gerade noch gefehlt, genug dass ich meinen Kopf hinhalten muss und dann ertönte endlich Musik.

Zarah Leander sang Der Wind hat mir ein Lied erzählt und Mama bekam ganz glänzende Augen. Später fragte mein Vater: „Lilli bist du einverstanden, etwas früher ins Bett zu gehen? Du kannst ja noch etwas spielen. Ich würde gern mit Mama noch etwas alleine sein, wir haben noch viel zu erzählen." Ich war damit einverstanden und schlief bald mit meinem dicken Teddy im Arm ein. Vorher habe ich ihm aber noch alle meine Sorgen erzählt. Am anderen Mittag, Vaters Gepäck stand schon neben der Türe, verabschiedet hatten wir uns schon vorher, wollte mein Vater nicht, dass wir ihn zum Auto brachten.

Wir schauten dann aus dem Fenster und winkten ihm ein letztesmal zu. In einem Militärfahrzeug und zwei Soldaten fuhr er davon. Mama blickte mich traurig und nachdenklich an. Seufzend sprach sie: „Das ist das Ende." Es waren prophetische Gedanken, welche die Furcht ihres Herzens ihr eingab. Ich sollte meinen Vater erst vier Jahre danach wieder sehen. Das Rad des Schicksals drehte sich von nun an sehr schnell. Wir hatten von jetzt an sehr oft Vollalarm und verbrachten bis zu 24 Stunden im Keller. Sämtliche Schulen wurden geschlossen. Meine Mutter hatte was einigermaßen wertvoll und nützlich war bei Zeiten in Kisten und Schließkörben verpackt und im Keller deponiert.

An einem sonnigen Sonntagabend im Juli geschah dann, was alle befürchtet hatten. Wir wurden bombardiert. Die Sirenen heulten unentwegt. Meine Mutter die sonst sehr vorsichtig war zögerte diesmal, sofort in den Keller zu gehen. Wir standen am geöffneten Fenster und hörten von fern ein eigenartiges Brummen. Es waren Flugzeuge, die sich wie glitzernde Fische am Himmel bewegten.

Plötzlich schrie meine Mutter: „Sie haben das rote Startzeichen zum

Bombardieren gegeben, los, schnell in den Keller." In der Hälfte des Treppenhauses angekommen, brach ein furchtbares Krachen, Heulen und ein Höllenlärm aus und dann schwankte das ganze Haus hin und her. Ich weiß bis heute nicht, wie wir in den Keller gelangten. Aber egal was passierte, Mama behielt immer die Nerven und den Überblick. So auch jetzt. Nachdem man eine trügerische Ruhe verspürte - denn hin und wieder gab es noch Explosionen - zog Mama kurz entschlossen den Overall von Papa an, seine Lederkappe und die Monteurbrille. Sie ermahnte mich, im Keller zu warten, bis sie zurück wäre. Ich versprach, brav zu sein.

Gretel, ihre beste Freundin war alleine mit drei Kindern und Mama wollte nach ihr sehen und eventuell helfen, sowie das Ausmaß der Zerstörung erkunden. „Lilli ich bin schnell wieder zurück." Sie gab mich in die Obhut von Frau Degenhard. Unser Haus war Gott sei Dank verschont geblieben.

Nach geraumer Zeit wollten einige der Hausbewohner nachsehen ob unser Haus beschädigt wäre. Die Ermahnung, ich sollte brav im Keller warten, überhörte ich. Meine Neugier war einfach zu groß. Ich schlich ganz leise hinter Ihnen her und wartete, bis alle im Treppenhaus verschwunden waren. Vorsichtig trat ich aus der Haustüre. Dunkelheit umfing mich, sie wurde erhellt durch die riesigen Flammen der brennenden Häuser. Es lag ein furchtbarer Geruch in der Luft. Menschen und Feuerwehrmänner rannten hin und her und rollten unendlich lange Schläuche aus und versuchten diese an von Wasser überquellenden Hydranten anzuschließen.

Gott sei Dank, die Kirche und die Häuser ringsum waren wie durch ein Wunder verschont geblieben. Ich wagte ein paar Schritte und trat auf etwas Weiches. Bei näherer Betrachtung erkannte ich, dass es ein abgerissener Arm war. In grausiger Panik schrie ich nach meiner Mutter und rannte wie von Furien gehetzt zurück in den Keller. Weinend verkroch ich mich in eine Ecke, klammerte mich Trost suchend an meinen Teddy und muss wohl erschöpft eingeschlafen sein, denn ich wurde von meiner Mutter geweckt. Sofort fing ich wieder an zu weinen und unter Tränen erzählte ich mein grausiges Erlebnis. Meine Mutter nahm mich in ihre Arme und während sie mich tröstend hin und her wiegte, erzählte sie mir dass wir in 20 Tagen zwangsevakuiert würden in ein weit entlegenes Gebiet, das Thüringen heiße. „Dort fallen keine Bomben und wir sind in Sicherheit."

Aus der Unterhaltung meiner Mutter mit Leuten aus der näheren Umgebung, erfuhr ich vom schrecklichen Ausmaß der Katastrophe. Sie sprachen von einem Bombenteppich, der über Koblenz abgeworfen wurde, von Spreng-, Brand- und Phosphorbomben, sogar von zwei

Luftminen, welche die verheerende Wirkung hatten, dass den Menschen die Lunge platzte von dem hohen Luftdruck und sie erstarren ließ, der erste Eindruck war, als wären sie noch am Leben.

In den restlichen Tagen, die uns noch verblieben vor unserer Abreise in das Ungewisse, zeigte sich das große Organisationstalent meiner Mutter. In kürzester Zeit hatte sie alles erledigt, was notwendig war. Deswegen war sie aber gezwungen, mich öfter allein in der Wohnung zu lassen und einzuschließen. Es half nichts, dass ich Angst hatte. In dieser Situation kam ich auf die seltsamsten Ideen. Zum Beispiel Kakao, Zucker und Haferflocken zu mischen. Meine Enttäuschung war groß, der Küchenschrank war verschlossen. Mein Blick blieb an den beiden Schubladen hängen und blitzschnell wusste ich, wie man in den unteren Teil des Schrankes, in dem alle Tüten aufbewahrt wurden, gelangen konnte. Ich zog die unterste Schublade ganz und gar heraus und siehe da! ich brauchte nur noch einen Arm hinein zu stecken und hatte schon die erste Tüte in der Hand. Glücklich mischte ich alles mit viel Zucker in einer kleinen Puppenschüssel. Dieser heimliche Genuss war ein Trost in meiner Verlassenheit.

Ich habe mir große Mühe gemacht, alles zu vertuschen und Mama hat es auch nicht gemerkt. Ich schaute mich also zufrieden in der Küche um und entdeckte eine Flasche halbvoll mit Eierlikör, den bekamen immer die Freundinnen von Mama, wenn sie zu Besuch waren. Den Verschluss abzuschrauben ging ganz leicht. Ich hielt die Flasche hoch und an meinen Mund im Handumdrehen wusste ich, dass Eierlikör gut schmeckte. Schnell noch ein paar Schlückchen und ich stellte die Flasche wieder an ihren Platz.

Immer schon mal wollte ich den Fliegenfänger, der von der Küchenlampe hinunterging, aus der Nähe betrachten. Auf einem Stuhl stehend griff ich nach dem Fliegenfänger. In dem Moment fing ich an zu schwanken und riss ihn Halt suchend von der Lampe. Das klebrige Ding hatte sich in meinen Haaren verfangen und ließ sich einfach nicht entfernen, außerdem war mir mit einem Mal ganz schwindlig. Der Eierlikör tat seine Wirkung. Schnarchend, mit dem Fliegenfänger im Haar, fand mich Mama unter dem Küchentisch, bis zum Sofa hatte ich es wohl nicht mehr geschafft.

Nach dem ersten Schreck schnitt sie mir kurz entschlossen das klebrige Ding aus dem Haar. Nach der Prozedur sah ich ziemlich asymmetrisch aus. Ich erwachte auf dem Sofa, draußen war es schon dunkel, also musste ich lange geschlafen haben. „Oh, Mama ich habe großen Durst!" „Ach, Lilli in Zukunft kann ich dich nicht mehr alleine lassen, es liegt wohl an deinem Alter und an den bösen Situationen, dass du mir zusätzlich Sorgen machst. Ersparen wollte ich dir den entsetzlichen Anblick der Zerstörung, der Leichen und der vielen verzweifelten Menschen die ihr Zuhause und alles, was Ihnen lieb war verloren haben. Auch die Geschäfte, deine Schule und vieles andere gibt es nicht mehr. Die allerärmsten werden von der NSDAP versorgt und schlafen in Zelten außerhalb von Koblenz." „Es sind noch weitere Angriffe gemeldet und ich hoffe dass wir ganz schnell vor dem nächsten Bombardement evakuiert werden."

Plötzlich sah ich am Boden ein großes, tiefes Loch. In diesem verschwanden alle meine Spielsachen die Fotos von Papa und Mama, sogar mein Freund Peter, ich war wie gelähmt, da kam mein Teddy langsam auf mich zu, verneinend schüttelte er den Kopf. Mit beiden Händen zog ich ihn an mich und schrie: „Du bleibst bei mir, für immer." Mama hatte ihn mir gereicht, da sie meine innere Not sah, sie wusste womit meine kleine Seele fertig werden musste. Von diesem Moment an, gab es fast keinen Menschen mehr in meinem Leben, dem ich voll vertraut hätte.

Mama sah mich traurig aber sehr liebevoll an und sprach: „Lilli, du hast viel Liebe und Sorgfalt von Papa und mir bekommen, das wird dir im weiteren Leben helfen und dich stark machen. Selbst wenn du vieles entbehren mußt. Überlege gut, was du sagst und tust, sei nicht so impulsiv sowie ich, das hat auch mir geschadet. Mit deinen acht Jahren verstehst du noch vieles nicht, aber viel später wirst du dich an meine Worte erinnern.“

Sehr viele Jahre später habe ich mich erinnert und wurde mit der Zeit versöhnlicher. Verzeihen und Vergessen ist etwas anderes. Die Narben auf meiner Seele sind geblieben. Durch ihren täglichen Kampf ums Überleben wurde Mama hart und ungerecht. Es vollzog sich langsam. Mit dem 12. Lebensjahr verstand ich die Tragödie und fühlte mich verraten und entsetzlich allein gelassen. Aber noch konnte ich nicht wissen, was die Zukunft für mich bereithalten würde.

Evakuierung

Am Abend der Zwangsevakuierung brachte meine Mutter drei große Kartons Pralinen mit den Worten, wir können sie vielleicht gegen etwas Essbares eintauschen. Ich verstand nur die Hälfte.

Komisch, wir hatten doch immer genug zu essen. Viele Lebensmittel wurden nur noch gegen Lebensmittelkarten ausgegeben, hatte sie mir erzählt, aber ich hatte darüber nicht weiter nachgedacht. Auf dem Bahnhof standen überfüllte Züge mit Zivilisten und Soldaten. In Waggons wurde großes Gepäck verladen, unter anderem auch unseres. Der Zug mit den Evakuierten war nicht überfüllt, deshalb bekamen wir ein Abteil für uns. Licht gab es nirgendwo, eine Vorsichtsmaßnahme wegen dem Feind. Menschen rannten hin und her mit wilden Gesten und Geschrei. In dieser Unruhe und Hektik hatten die Dienstleiter alle Hände voll zu tun, um einigermaßen Ordnung in dieses Chaos zu bringen. Mama hielt mich fest an der Hand. Ich war völlig überfordert und auch Mama fiel erschöpft in die Polster des Abteils.

Das gleichmäßige Rattern und Schaukeln des Zuges ließ Mama bald darauf einschlafen, während ich hellwach war. Die Kartons mit den Pralinen lagen in einer Tasche neben mir. Langsam glitt meine Hand in einen Karton hinein und eine Praline nach der anderen verschwand genussvoll in meinem Mund. Nach einigen Proben, biss ich vorsichtig hinein um festzustellen, diese schmeckte und jene nicht. Bei *nicht*, ließ ich sie einfach auf den Boden des Abteils fallen und trat sie fest. In der Morgendämmerung sah meine Mutter die Biesterei und dann bekam ich meine ersten Prügel, so dass ich noch drei Tage mein Hinterteil spürte.

Mit einem Ruck hielt der Zug an. Nach einem Blick aus dem Abteilfenster nahm Mama einen der Pralinenkartons und rannte hinüber zu dem stehenden Militärzug. Sie tauschte Pralinen gegen Erbsensuppe. Der Kompaniechef hatte nichts dagegen, sie erreichte gerade noch unseren anfahrenden Zug.

Die Suppe war vorzüglich und während ich aß, begriff ich was Tauschen war und schämte mich, wie leichtsinnig ich mich verhalten hatte. Ich hatte die Prügel wohl verdient, aber so fest brauchte Mama mich eigentlich nicht zu verhauen. Es sollte die letzte warme Mahlzeit für drei Tage sein.

Während der Zug in gleichmäßigem Rhythmus über die Gleise rollte, schaute mich Mama nachdenklich an. Auch ich machte mir so meine Gedanken, aber mehr in der Vergangenheit und dann fiel mir ein, was ich immer schon mal wissen wollte.

In die Gedanken meiner Mutter hinein fragte ich: „Mama, warum kenne ich nicht den anderen Opa und die Oma, deine Eltern?" Mamas Blick lag erstaunt und erschreckt auf mir und einen Moment lang tat es mir leid, dass ich überhaupt gefragt hatte. Etwas zögernd - und ich merkte, dass es ihr schwer fiel, darüber zu sprechen - erklärte sie mir, dass ihre Eltern ziemlich herzlos und konservativ seien und ihr verboten hätten, den Papa zu heiraten. Sie hätten sie aus dem Haus gewiesen und somit hätte sie, mittellos wie sie war, nicht weiter studieren können. „Sie haben meine ganze Zukunft zerstört und ich will nie mehr etwas mit ihnen zu tun haben und bitte, Lilli, frag mich nie mehr danach." Ich sah, wie traurig sie war und wollte von nun an besonders brav und lieb zu ihr sein. Auf so herzlose Großeltern konnte ich gerne verzichten.

Plötzlich sagte meine Mutter: „Lilli, die

Einzige, die genaue Kenntnisse meiner Familie hat, ist deine Tante Änne, bei ihren Eltern habe ich vorübergehend gewohnt, als ich in Bonn an der Universität studiert habe. Tante Ännes Mutter und meine Mutter waren Schwestern, wenn auch sehr ungleiche. Also meine Tante war die Güte in Person, das Gegenteil von meiner Mutter. Meine Jungmädchenzeit verbrachte ich vorwiegend bei Tante Elsbeth in Bonn, sie war immer besonders gut zu mir. Ihrer ältesten Tochter, deiner Tante Änne, gefiel das überhaupt nicht, sie schikanierte nicht nur mich und ihre Geschwister, sondern kommandierte sogar ihren Vater, nachdem Tante Elsbeth leider viel zu früh verstorben war. Ich erinnere mich noch genau, dass sie oft zu ihrer Tochter sagte: ‚Du könntest eher ein Kind von meiner kalten Schwester sein als eins von mir.‘ Aber nun genug davon. Ich habe deinen Vater viel zu früh kennen gelernt und musste ihn bald darauf heiraten, weil ich dich, mein Kind, schon unter dem

Herzen trug. Sollte sich unser Leben jemals wieder normalisieren, so hoffe ich von ganzem Herzen, dass Gott sich gnädig zeigt und wir alle wieder glücklich vereint werden." Zustimmend und ernsthaft nickte ich. „Komm Lilli, leg deinen Kopf auf meinen Schoß und versuche etwas zu schlafen."

Währenddessen näherte sich der Zug immer mehr seinem Ziel. In meinen Gedanken fing ich an, das Wort Krieg zu hassen. Alles, was ich liebte, was mir vertraut war, entfernte sich immer mehr von mir, auch Mama. Es war wie ein böser Traum, in dem ich mich allein und verlassen fühlte. Auch die Erinnerung an meinen Vater wurde undeutlich und verschwand schließlich ganz.

Nun gut, wir sind mit der Evakuierung vielleicht dem Tod entkommen und es gab nicht mehr diesen schrecklichen auf- und abschwellenden Heulton der Sirenen, auch musste ich nicht mehr drei Pullover und zwei lange Hosen im Getöse des Voralarms übereinander ziehen und Mama schrie auch nicht mehr „schwerer Kampfverband", um mich in aller Hast durch das Treppenhaus in den Keller zu zerren. Das gleichmäßige Geräusch der rollenden Räder versetzte mich in einen schläfrigen Zustand und bald fiel ich in einen festen Schlaf, der mich barmherzig von meinem trüben Gedanken erlöste.

Während der Zug langsam in den Bahnhof rollte schrie eine überlaute Stimme aus einem Mikrophon „Altenburg, Thüringen alles aussteigen." Nun begann ein wildes Durcheinander. Rufend um Auskunft bemüht, liefen die eben noch vernünftigen Menschen wild gestikulierend ziel- und planlos umher. Mama mit Rucksack, Umhängetasche und kleinem Koffer hielt mich fest an der freien Hand. Ich hielt meinen geliebten Teddy, meinen Trost in der größten Not, krampfhaft fest. Plötzlich ertönte eine kräftige Stimme über der Menge, sie sprach durch einen Trichter und befahl: „Evakuierte bitte zu mir und in

Zweierreihen aufstellen zwecks vorläufiger Unterbringung im Auffanglager.

Ich hörte noch wie Mama sagte: „Das würde denen so passen, aber nicht mir". So strebte sie eiligst dem Ausgang zu. Ich war froh, dem Tumult zu entgehen. Mama kramte in der Umhängetasche und hatte gleich darauf einen Kamm in der Hand. Sie kämmte sich und mir durch die Haare und bemerkte: „So, wir sehen sehr ordentlich aus!" Mit Blick auf ihre Armbanduhr zog sie mich zu einem wartenden Taxi, alt aber geräumig. Der Fahrer sah Mama wohlwollend an, grinste etwas überflüssig und sagte: „Nu, meine Gutste!" Mama zog eine Augenbraue hoch, ich war schon auf alles gefasst, aber dann zeigte Mama ihr strahlendes Lächeln und befahl: „Nu mein Gutster, dann bringen sie uns mal zum Bürgermeisteramt!"
Der verblüffte Fahrer stammelte darauf hin:
„Aber selbstverständlich, Gnädigste!"

Mit dem Glockenschlag 10 marschierten wir durch das Hauptportal des Bürgermeisteramtes. Zum Bürgermeister konnte man nur mit Termin über eine ältliche, trübe dreinblickende Sekretärin gelangen. Mamas Gesicht nahm einen unheimlich entschlossenen Ausdruck an, als sie forsch an die Türe klopfte und ein zögerndes „Herein!" vernahm. Durch die halbgeöffnete Tür, scholl uns ein erstauntes „Oh, oh" entgegen und „Haben sie einen Termin?"

„Ich möchte sofort den Herrn Bürgermeister sprechen!" „Das geht nicht einfach so, er ist auch nicht im Haus!" Die Sekretärin stellte sich schützend vor eine Tür. Kurz entschlossen schob Mama sie beiseite, klopfte an die Türe und riss sie gleichzeitig auf und siehe da, der Bürgermeister saß am Schreibtisch und nahm wohl sein zweites Frühstück ein. „Aha, sieh einer an, guten Morgen Herr Bürgermeister, wir kommen wohl gerade recht zum Frühstück, mein Kind und ich haben schon zwei Tage nichts gegessen und als alter Kavalier werden sie uns bestimmt etwas abgeben."

Der Herr Bürgermeister hatte sich leicht verschluckt und fing an zu husten. Mama klopfte ihm den Rücken und meinte „nichts für ungut, ich darf mich vorstellen und ihnen mein notwendiges Anliegen vortragen."

Die Sekretärin stand fassungslos in der Türe und beteuerte, dass sie für nichts könne und *ei der Bibsch*, der Bürgermeister war auch noch nicht zu Wort gekommen. Mit einem Wink bedeutete er der Sekretärin die Türe von draußen zuzumachen. Lachend sagte er „Gute Frau sie haben nicht nur Mut, sondern auch Persönlichkeit, also greifen sie zu stärken sich und dann erzählen sie mir in aller Ruhe, was sie bedrückt." Jetzt war die Reihe an Mama zu staunen und nach zweistündiger intensiver Unterhaltung hatte Mama einen

Zuzugsschein für die Stadt Altenburg, eine Wohnung und einen lieben Freund mit Familie. Unser Gepäck wurde sogar bevorzugt vom Güterbahnhof geholt, gleich am anderen Tag, und so konnten wir keinen Verlust beklagen.

Dank der Initiative und dem großen Organisationstalent von Mama hatten wir doch viele Vorteile. Altenburg ist eine schöne, nicht zu große, Stadt mit einem wundervollen Schloss, einem Theater, Kirchen aus fünf Jahrhunderten, historischen Gebäuden und Häusern mit Innenhöfen im Rundlauf, dazu noch die berühmte Skatfabrik für Spielkartenversand in alle Welt. Alles eingebettet in eine üppige Vegetation.

Wir haben uns in unserem neuen Zuhause schnell eingelebt und ich wurde bald darauf eingeschult, wenn auch mit 1 ½ Jahren Verspätung durch die miserablen Verhältnisse. Ich habe es trotzdem jedes Jahr mit Bravour geschafft, versetzt zu werden. Vier Jahre habe ich in Altenburg meine ganz bewusste Kindheit verlebt, aber niemals unbeschwert. Irgendwann zwischen dem achten und zehnten Lebensjahr habe ich meine Flügel verloren.

Lilli

Zen ja matkustamisen taito